書下ろし

螢と鶯

鳴神黒衣後見録

佐倉ユミ

祥伝社文庫

目次

『螢と鶯　鳴神黒衣後見録』の主な登場人物

畠中狸八（はたなかりはち）……二十三歳。元は大店（おおだな）の跡継ぎだったが、勘当されて落ちぶれる。月夜に畑の大根を引っこ抜いてかじっていたところ、通りがかった鳴神座の狂言作者・石川松鶴に拾われ、この名を与えられる。鳴神座では作者部屋付きの見習いとなる。

月島銀之丞（つきしまぎんのじょう）……十八歳。鳴神座の役者。鼻筋の通ったきれいな顔をしているが、肝心の芝居が大根なのでいい役をもらえていない。しかしいつかは看板役者になるのが夢。金魚とともに、狸八の面倒を見る。

池端金魚（いけはたきんぎょ）……十三歳。小さい頃に石川松鶴に拾われ、それ以来、作者部屋付きの見習い。雑用から後見までこなす。名前は松鶴にもらった。小柄ですばしっこいため、黒衣（くろご）としても重宝されている。

石川松鶴（いしかわしょうかく）……五十歳前後。鳴神座付きの戯作者。普段は芝居小屋二階の「作者部屋」で台本を書いている。時代物を得意とし、演出を派手にして客を喜ばせようと、ときどき急な無茶を言う。大口を叩くが気の小さいところもあり、数人いる弟子には、みな縁起のいい名前を付けて験を担いでいる。

福郎（ふくろう）……三十歳前後。松鶴の一番弟子。師匠に代わって正本の執筆もする。意外に気が短い。

最上左馬之助（もがみさまのすけ）……二十代半ば。松鶴の二番弟子。はじめ狸八の世話を焼いた。福郎が正本を手掛けるとき、手助けをする。

鳴神十郎（なるかみじゅうろう）……四十代半ば。鳴神座座元（幕府から一座を開くことを許可された人。座元の名前を代々継ぐ）にして、座頭（看板役者。通常は座元とは別の人だが、人手が足りないため兼任）。

鳴神佐吉（なるかみさきち）……二十歳前後。十郎の息子。十郎に比べて細身で二枚目。所作は美しく堂々としていて、人の目を集める力がある。銀之丞が目標にしている人物。

白河梅之助（しらかわうめのすけ）……鳴神座一の敵役白河右近の息子。瓜実顔（うりざねがお）が美しい女形（おやま）。男女ともに贔屓（ひいき）が多く、鳴神座の看板役者の一人。普段から女のようにふるまう。

紅谷朱雀（べにやすざく）……渋い脇を演じる紅谷八郎の子。女形。一座の役者の中で一番若く、銀之丞のことも「兄さん」と立てはするが、芝居に対しては厳しい。

序

「おめぇは今日から、畠中狸八と名乗んな」

　そう言われた途端、前の名で犯した罪が、すべて風に消えたような気がした。

　一月も終わりの凍える夜だった。食う物も寝る場所もなく、腹を空かせた男は、どこかの誰かの畑の端にうずくまり、葉の黄色くしなびた大根を引き抜き、かじりついていた。

「りはち？」

　沢庵のようなすえた匂いの大根は、前歯の芯まで冷たさがしみて、味などほとんどしなかった。胸に抱いても氷のようだ。地べたについた尻も冷たい。

「おうよ、狸に八と書いて、狸八だ」

　その男は酔っているようだった。満月の明るさに機嫌がいいのか、鼻を擦り、毛のない頭を擦ってはよく笑った。老人というほど老いてはおらず、灰色の眉は太く、筆のようにもっさりとしている。

「末広がりの八だ」

「なんだ、そんな」

おかしな名、と言おうとしたのに、不思議と言葉は続かなかった。

声を出したのも久しぶりで、舌も喉（のど）も、思うように動かない。だがそれ以上に、長いこと人と話していなかったものだから、大根の葉を握ったまま奇妙な感慨に耽（ふけ）っていた。

どこの誰だか知らないが、この男の目には俺が映るのだと、そんなことを考えた。これではまるで幽霊だ。いや、違う。生きているからこんなに惨（みじ）めで、寒くて、腹が減っているのだ。男は唇（くちびる）をきつく噛（か）む。

元は麹町（こうじまち）の油屋の跡継ぎ息子だったが、店の金を吉原（よしわら）で使い込んだ挙句（あげく）、勘当された。悪名ばかりが轟（とどろ）いて、働き口は見つからず、かといって江戸を離れる気にもなれず、ふらふらとしているうちに幾月かが過ぎていた。父親が死んだと聞き葬式に行けば追い払われ、その後、家督は弟が継いだと風の噂（うわさ）で知った。

もうとうに、名乗る名など持ち合わせていない。

「まるで畑の中の狸だ。今のおめぇにゃちょうどいいだろう」

言い返す言葉もなく、もらった名を口にする。

「畠中、狸八」

「気に入ったか？」

男はまた笑った。男の背後の空には満月が輝き、まるで後光が差したようだった。あんたは誰だと尋ねようとしたとき、提灯を下げた連れらしい男が走り寄ってきた。眉が黒く丸顔で、歳は三十くらいだろうか。

「先生、松鶴先生」

「おお、どうした」

「どうしたじゃありません。急にいなくなられるものですから」

連れの男は、しなびた大根を抱える男を見てぎょっとした。

「先生、あれは」

「連れて帰るぞ」

え、と連れは言葉を失う。畑の中の男も同様だった。目の前で、なにか勝手に話が進んでいく。

「狸八って名だ。狸は、他を抜く。縁起がいい」

「しかし、先生」

「いいから連れてくぞ。今は人手が足りねぇんだ。一人でもほしい。使えなけりゃ、風呂番にでもすりゃあいい」

眉を寄せる連れの目は、風呂番にするより先に、このみすぼらしい男を風呂に入れねば、と言っているかのようだった。己がそれほどまでに惨めなことを、狸の名をもらった男は知っていた。髪は伸び放題で、たった一枚残った小袖はぼろぼろ。いいものばかりを食って張りのあった体は、今や汚れてしぼんでいた。こんな男を拾って何になるのかと、己でも思っていた。

「おめぇ、腹減ってんだろ」

松鶴と呼ばれた男の問いに、白い息を吐いて頷く。

「だったらついてきな。その分働いてもらうがな。大根はその辺に放っとけ。食えたもんじゃねぇだろ」

「先生！」

「ああもう、うるせぇなぁ」

眉をひそめる連れの男を適当にあしらうと、松鶴は金色の月を見上げ、満足げに言う。

「一人でも多い方がいいさ。なんたって俺たちゃあ、江戸三座に挑もうってんだからな」

江戸三座。目を見開いて、松鶴を見上げた。

江戸には、お上公認の芝居の一座が三つある。中村座に市村座、森田座の、泣く子も黙るそれらを合わせて江戸三座と呼ぶ。

それに挑むということは、つまり石川松鶴は、芝居の一座の人間ということだ。

しかし三座に挑むなど、並大抵のことではない。あちらは人気役者を幾人も抱え、舞台の仕掛けは大掛かり、役者絵は飛ぶように売れて、席札は手に入れることすら難しい。

夢みたいな話だ。

口に出したつもりはなかったが、松鶴は足を止めて振り返った。

「それがそうでもねぇんだ」

身を切るような風が、裸足の足を掠めていった。

聞けば、江戸三座に次ぐ四番目の一座が、去年の秋にお上の許しを得たという。それが、鳴神十郎を座元とし、蔵前に芝居小屋を置く鳴神座だった。

「俺たちゃそこのもんさ」

松鶴が言い、連れの男も頷いた。心なしか、提灯に照らされる男たちの顔は誇らしげだった。

蔵前というのは、ほかの三つの芝居小屋からはずいぶんと離れている。北へ行けば東本願寺(ひがしほんがんじ)と、その先には浅草寺(せんそうじ)があり、周りにも多くの寺社がある。元はその辺りの境内で芝居をしていた一座なのだと、道すがら聞いた。東を流れる大川沿いには、櫛(くし)の歯のような形をした、八つの堀を持つ船着き場がある。幕府への年貢米が届く船着き場で、蔵前という名は、幕府の米蔵があることに由来する。

「夕方、芝居を観終えた客は、そこからどこへでも行けるって寸法よ」

松鶴は上機嫌に言った。猪牙舟(ちょきぶね)に乗り、北へ上れば吉原、南へ下れば深川(ふかがわ)へも行ける。なるほど、遊び好きにはいい場所だ。松鶴の話に相槌(あいづち)を打つように頷いていると、前を歩く弟子の男が、時折提灯を揺らして振り返る。肩越しの目はまだ訝(いぶか)しげで、何か悪さをしやしないかと、狸八を見張っているようだった。寒さに腕を擦(さす)るだけでも、その背がぴくりと動く。

「ほれ、着いたぞ」

　そう言われて目を上げ、狸八はぽかんと口を開けた。月に照らされていたのは、立派な芝居小屋だった。表通りに面した間口は十間近く、その両脇には細い路地がある。二階の黒々とした屋根瓦の上には、周囲よりも一際高い櫓があるが、幕は張られておらず骨組みを晒していた。興行中は一階の屋根の上にずらりと並べられる絵看板も、今はない。

「まだ稽古の最中だからな」と、松鶴が言った。小屋は初日の前夜に飾り立てられる。

「あれが鳴神座の紋だ」

　一階の軒先に吊るされた、赤い提灯を指す。火の消えた提灯に白く描かれていたのは、もくもくとした雲が三つ、互いを追うかのように巴を描いた紋だった。

　狸八は己の吐いた白い息越しに、軒先の赤い提灯を、二階の漆喰の壁を、屋根の上の裸の櫓を何度も見上げた。暗闇に浮かび上がるその芝居小屋は、内側に熱を孕んだまま深い眠りにつく、なにか巨大な生き物のようにも見えた。

　福郎、と松鶴が連れの男を呼び、何事か言いつけると、男は芝居小屋の脇の路地へと走っていった。

「おめぇの飯を買いにな。まあまだ開いてるだろ。あいつめ、提灯を持っていっちまいやがった」

風がびゅうびゅうと鳴いている。雲は飛ばされ、提灯がなくとも月明かりで足元まで明るかった。凍った道に二つの影が伸びる。松鶴がくしゃみをした。

「ああくそ、冷えらぁ」

そう言って、福郎の消えた路地の方へと歩き出す。

「楽屋口はあっちだ。何してる。行くぞ」

狸八ももちろん寒かった。というより、体の芯まで凍えていて、もう寒さなどわからなくなっていた。歯の根が合わず勝手にがちがちと鳴ったが、目は芝居小屋から離せなかった。

「おう、芝居小屋が気に入らねぇか」

そうではない。どこへだって、置いてもらえるならありがたい。屋根のある場所で寝起きできるなら、それだけで御(おん)の字だ。

だが、同時に心許(こころもと)なかった。客として芝居を観に行ったことならばある。それこそ遊び歩いていた頃は、金に物を言わせて三座の芝居を観たこともある。華やかだった。美しかった。あれは客でいることさえ誇らしい、輝きを放つ場だ。

そんな場所で今の自分が、何かの役目を負えるとは思えない。それなのに、足は動かなかった。あの凍り付いた畑へ、引き返すほどの度胸もないのだ。

そんな狸八の顔を見てか、松鶴が高らかに笑った。狸八は呆気に取られる。ひとしきり笑うと、目尻の涙を拭って松鶴は言った。

「おめぇ、本当に何一つ持ってねぇようだな」

先の尖った杭が、胸に打ち込まれたかのようだった。

「いいから来い。腹の減ったまま、頭なんぞ使うもんじゃねぇや。飯食わせてやるって言ってんだ。それから考えても遅かぁねぇだろ」

思い出したように、腹の虫がぐうと鳴る。楽屋口へと向かいながらまだ笑っている松鶴を追い、狸八の足は、ようやく動き始めた。

一、雨はしとどに

知らない誰かの声で、狸八は目を覚ました。

「おい新入り、いいかげん起きねぇか」

頬には布、足には畳が触れている。冷たい土ではない。何度か瞬きすると、ぼんやりと、部屋の中が見えてきた。広い部屋には布団が何枚も広げられているが、そのどれもがぐちゃぐちゃで、何人もの人が、慌てて起き出したのだとわかる。誰のものかわからない、着物やふんどしもあちこちに落ちている。が、肝心の人は誰もいない。もぬけの殻だ。布団にくるまって、いまだ横たわっているのは狸八だけのようだ。狸八はぼうっとする頭で思う。

ああ、屋根のあるところにいる。道端で凍えていたことが夢のようだ。それとも、こっちが夢なのだろうか。

「お、やっと起きたな」

傍らにしゃがみ込み、顔を覗き込んで男が言う。猫のように目尻の吊り上がった男だ。誰だろうか。威勢のいい声が寝起きの頭に響く。

「ええと、狸八っつったか」

狸八……畠中狸八？

その名に昨夜のことが思い出され、布団を撥ね除け、がばりと起き上がる。そうだ、俺はたしか畑で名前をもらって、それからここへ連れてこられたのだ。鳴神座。

狸八はあらためて部屋を見渡した。昨夜は楽屋口を入ったところの廊下で握り飯を夢中になって頰張り、そのあとは風呂に入れてもらった。芝居小屋の風呂は本来なら役者しか使えないのだと、福郎という男にくどくどと言われながら、ぬるくなった残り湯を使い、そのあとで、この部屋で寝ろと放り込まれた。

稲荷町と呼ばれるこの部屋は、無名の若手役者たちの楽屋と寝床とを兼ねているそうで、狸八が藍色の暖簾をくぐって入ったときには、すでに多くの男たちが暗闇でいびきをかいていた。十数人はいただろうか。

下手に動けば誰かを踏んでしまいそうで、狸八は入口のすぐ傍で、隅にあった布団を引き寄せてくるまった。障子も襖もなく、すうすうと冷たい風の通る入口近くは空いているのも頷けたが、表で寝るよりよほどましだ。体を横たえるのとほとんど同時に、狸八は眠りに落ちた。それから朝まで、夢を見ることもなかった。

「狸八だな？」

吊り目の男が、もう一度尋ねる。歳は二十半ばといったところか。福郎よりも少し若い。

「は、はい」

狸八はこくこくと頷いた。

「そうか、俺は左馬之助だ。最上左馬之助。石川松鶴先生の弟子だ。わかるか、松鶴先生」

幼い子供に言い聞かせるように、男は言った。狸八はただ頷くばかりだった。

「今日からここで働いてもらうからな。ほれ、早く立て。もう誰もいねぇだろ？」

部屋をぐるりと見回して腰に手を当て、汚ぇなあと左馬之助は呆れる。急かされて立ち上がると着物を整え、狸八は左馬之助のあとをついて稲荷町を出た。暖簾をくぐると、廊下は人でごった返していた。まるで町の通りのようだ。左馬之助は、楽屋口とは反対の廊下の突き当たりを指す。

「裏手から出ると井戸がある。ゆうべ厠へは行ったろう。その傍だ。新入りは顔を洗うのは最後だ。とりあえず表を掃いてこい」

狸八を楽屋口へと連れて行くと、左馬之助は狸八に箒を渡した。

「朝飯はそれが終わってからだ」

「はい」

答えて朝日の差す通りへと出る。両手で持った竹箒の冷たい柄が、なにかとても頼もしいもののように思えた。

表通りを掃いたあとは、顔を洗い、いつの間にか稲荷町に用意されていた握り飯と漬け物を食った。それから風呂を掃除して、汗を掻きながら何度も井戸と往復して水を溜め、風呂を沸かした。福郎も言っていたように、この風呂は役者たちのために沸かしているので、そのほかの者は近くの湯屋へ通っているのだそうだ。

「芝居のあとに化粧をしたまま出歩くわけにもいかねぇからさ。湯屋の風呂の方が、広くて気持ちがいいんだが」と、薪と水とを運んで鍛えられた体の風呂番は笑っていた。

風呂の支度が終わると、休む間もなく今度は買い出しの供をした。役者が稽古の最中につまめるような菓子や、茶の葉が主だ。

ここでは何もかもが役者のためにあるのだな、と狸八は思う。だが、鳴神座の役者、と言われて思い浮かぶ顔はない。稽古場や楽屋は上の階にあるそうだが、狸八が風呂を洗っている間に稽古が始まったので、狸八は役者を見かけてはいなかった。そんなに皆が尽くすような面々なのかと、菓子の包みを見て狸八は釈然としない思いで首を傾げた。

もともと大店（おおだな）の生まれの狸八は、尽くされることはあっても、誰かのために尽くすということがどういうことなのか、今一つわからないのだ。

小屋を出る前、狸八の小袖があまりにみすぼらしいからと、左馬之助が古い綿入れをくれた。色褪（あ）せた鼠色（ねずいろ）の綿入れは、丁寧に繕（つくろ）われており、寒さは幾分かましになった。寝る場所も食い物も綿入れも、与えてもらったのはありがたい。だが、ここにいる限り毎日こんなに働かなければならないのか。前を行く小屋の者に気付かれないよう、狸八は小さくため息をつく。こんな贅沢を言ったら罰が当たるだろうか。

芝居小屋へ帰ると、左馬之助が待ち構えていた。朝とは違い、眉を寄せて険（けわ）しい顔をしている。

「おめぇはよう」

額に手を当てて大袈裟に息を吐く。

「なんでしょうか」

「ったく、いいから来な」

菓子の包みを小屋の者に渡すと、狸八は左馬之助のあとを追った。

芝居小屋の一階、楽屋口にほど近いところには、作者部屋と呼ばれる、狂言作者に与えられた部屋がある。狂言、つまり芝居の筋を書く作者の部屋だ。

「失礼します」

左馬之助が廊下と仕切られた障子を開けると、六畳ほどの部屋は、紙に埋もれるようだった。

壁に設えられた棚には、これまでに鳴神座で演じられたらしい芝居の正本がぎっしりと詰め込まれ、その他には文机が四つと、四角い長火鉢があり、薬缶の口からは細く湯気が立ち上っている。畳の上には棚に入りきらない正本が積まれ、まだ瑞々しい墨の匂いのする、書いたばかりの正本が、足の踏み場もないほどあちこちに散らばっていた。

その紙に埋もれた部屋に、松鶴と福郎はいた。

「お、来たな」

床の間を背に、文机に肘をついていた松鶴が、煙管を口から離してにやりと笑った。はずみで吐いた煙が揺れる。

「狸八、こっち来て肩揉め」

福郎の前を横切り、松鶴の背後に膝をつくと、戸惑いつつ羽織を掛けた肩に手を置く。こんなこと、幼い頃に祖父の肩を揉んで以来だ。

「文句がここまで来てるぞ」と、松鶴が言った。福郎がちらりとこちらを見たが、またすぐに文机の上の紙に目を落とした。隣の机の前には左馬之助が座る。

「文句、ですか」

何のことかわからず、狸八は訊き返す。

「おめぇ、掃除もろくにできなきゃあ、風呂も沸かせねぇそうじゃねぇか」

え、と狸八は声を漏らす。

「通りにゃかえってごみが散らかって、風呂の底にゃ垢が」

「俺は、俺はちゃんとやりました。言いつけ通りに」

「で、なんて言われた」

「もうここはいいから、よそへ行けって」

松鶴がふうと息を吐く。

「そういうのをな、巷じゃお払い箱って言うんだ」

全身から、ぶわりと冷たい汗が噴き出した。思いもしないことだった。

すいません、と狸八はうなだれた。だって、今までそんな下働きみたいなことはしたことがない。掃き掃除は丁稚の仕事だし、風呂も湯がなみなみと張られたところしか見たことがない。初めてだったのだ。何もかも。だが、それを言うわけにもいかない。

「狸八よ、おめぇ、今までどうやって生きてきた」

松鶴の言葉に、ぎくりとして狸八は息を呑む。

「どうにも世間知らずだな。おめぇ、もしや」

窺うような目を向けられ、狸八の額に汗が滲む。生家を言い当てられることはなくとも、これまでの暮らしぶりが知れれば、いずれは生家に辿り着くかもしれない。それは同時に、今までの己の行いが知れるということだ。

ここも、追い出されるのだろうか。今夜からまた、道端で夜を明かすことになるのだろうか。

不安が胸を占め、思わず松鶴の肩に置いた手に力が入った。

「なんだ、いてぇな」

「すいません」

「もういい」と、松鶴は狸八の手を振り払った。

「めんどくせぇ」

それが何についての言葉なのか、狸八は測りかねた。だが松鶴は、もしやの続きを口にしなかった。ちょうどそこへ、すっと障子を開けて子供が入ってきた。外の喧騒が束の間大きくなる。歳は十二、三といったところだろうか。格子柄の藍の着物を着て、白の襷で袂をからげている。

「ああ、ちょうどいいとこへ来た」

一つ余った文机に向かおうとする子供を呼び止め、松鶴は手招きをする。

「ご用でございますか、先生」

子供は松鶴の前に膝をつき、丁寧に言った。

「こいつにいろいろ教えてやってくれ。どうも要領が悪ぃようでな」

松鶴の指を追って見上げた子供と目が合う。黒目がちのなんとも賢そうな目をしており、気圧されるように狸八は松鶴の後ろに正座した。子供が問う。

「そちらさんは」

松鶴に顎で促されて名乗ろうとし、一瞬、本当の名がよぎって言い淀む。

「は、畠中狸八だ」

「あっしは池端金魚と申します。松鶴先生、また新しい人をお拾いなすったんですか」

「使い物になるように鍛えな」

ちらりと、金魚は横目で狸八を見た。

「というと、作者部屋で、ということですね」

「よそじゃあ使い物にならねぇようでな」

「なるほど」

金魚は一つ喋るたびに、口をきっちりと結ぶ。その仕草から性分がうかがえた。

「頼むぞ」

「へぇ。承知しました」

おかしな名の子供は、どうやら松鶴から信を置かれているらしかった。名前はきっと、松鶴が付けたのだろう。そこへまた、乾いた音を立てて勢いよく障子が開く。

「先生！」

飛び込んできたのは歳の頃十七、八の若衆だった。色の白い細面で、笹の葉のようにきれいな形の目をしている。髷は月代を剃らぬ若衆髷だ。元服前の武家の子息が結う髷の形で、十五を過ぎても結っているのは役者くらいだ。若衆は手に、筒のように丸めた紙を持っていた。透ける墨の字から、芝居の正本らしいとわかる。

「なんでぇ銀、静かにしねぇか！」

「先生、俺にも役つけてくれよぉ！」

「つけただろうが」

「名前と台詞のある役をさ！　これじゃやただ座ってるだけじゃねぇか」

「ああ？」

正本を指で弾く若衆に、松鶴は声を荒らげる。金魚への態度とはまるで違う。

「大根に人の名がつくと思ってんのか馬鹿野郎が！　台詞の一つもまともに言えるようになってから来やがれ！　台詞のない芝居ができて初めて、やっとその先があるんだ！」

「そんなこと言ったってよぉ」

銀と呼ばれた若衆が不服そうに眉を寄せるのを、狸八は呆然(ぼうぜん)として見ていた。役者だ。役者というものを初めて間近で見た。松鶴の口ぶりからすればまだまだのようだが、ここにいる者たちとは明らかに違っている。自然と目が吸い寄せられるような、言い表せないものがある。役者とは、みなこうなのだろうか。

「おめぇのいいのは顔だけなんだよ。喋らせりゃあ、途端にぼろを出しやがって。顔のいい大根よりゃあ、人形でも置いた方がまだましってもんよ。出してやるだけいいと思え！」

そこまで言われると何も返せないのか、若衆は肩を落としてがくりと俯く。首まで落ちてしまいそうだ。その姿があまりにも哀れだっただろうか。

「ま、精進(しょうじん)するこった」

声の調子を緩めて松鶴が言うと、若衆は弾かれたかのように顔を上げ、にかりと笑った。思わぬ顔に、狸八は松鶴の後ろで面食らう。

「見てろよ先生」

毒気を抜かれたように松鶴は息を吐く。

「おめぇはまったく」

　呆れながら笑っている。

「可愛げのあるやつぁ得だよ」

「へへ、いいだろ」

「つまり、銀之丞さんは可愛げのある大根、と」

　なりゆきを冷ややかに見つめていた金魚の言葉に、松鶴と二人の弟子が噴き出した。

「金魚め」と軽く睨んだ瞳が、くるりと動いて狸八を見つける。

「あれ、誰だ？」

　蚊帳の外から一転、急に話しかけられ、狸八はまたおずおずと名乗った。銀之丞が目を瞬く。

「はたなか、りはち？」

　松鶴がさらさらと紙に名を書き、掲げて見せる。

「はあ、なるほど、たぬ八か」

　思わずむっとして見ると、邪気のない笑顔を返された。

「先生はおかしな名を付けんのが好きだからな」

「めでてぇ名と言え」

ぼやく松鶴にも笑って見せて、狸八に向き直る。

「俺は月島銀之丞だ。よろしく頼む」

「銀之丞……」

えらくぎらぎらとした名だ。

「いい名だろ。銀でいいぜ」

松鶴の言った通りだ。嫌味のない、人好きのする男だ。思わず狸八の頬が緩む。だがそこまでだった。うまく笑えない。そういえばここひと月もの間、笑ったことなどなかった。顔が引き攣ったように固まる。

「どうしたおかしな顔して」

「いや、その」

「ほれお前ら」と、松鶴が狸八の名を書いた紙をばさばさと振った。

「仕事の邪魔だ、いいかげん出ていけ」

松鶴に目配せされた金魚が、狸八と銀之丞を障子の方へぐいぐいと押す。

「ほら、銀之丞さんも狸八さんも、行きますよ」

小柄な割に力が強い。廊下へ出ると、金魚は後ろ手に障子を閉めた。さて、と銀之丞が言う。

「新入りに小屋ん中を見せて回るんだろ？　どこから行く？」

小柄な金魚を見下ろして、銀之丞は顎に手を当てる。

「ひとまず宗吉さんとこ行ってよ、髷、結い直してもらわねぇか？　床山のとこさ。な、狸八。月代がそれじゃああみっともねぇ」

狸八は頭に手をやった。緩い髷ならば格好もつくが、それを通り越してだらしなくなってしまっている。最後に髪結い床へ行ったのはいつだったか。月代の毛も、つまめるほどに伸びていた。

「たしかに」

「銀之丞さんもついてくるんですか？」

金魚がやや嫌そうに眉をひそめる。

「いいじゃねぇか。乗りかかった船だ」

「そんな大層なものじゃありませんよ。暇なだけでしょう」

「台詞ももらえなかったからな」

「それは」

何か言いたげに口を噤む金魚を無視して、銀之丞は、へへ、と笑ってこちらを向く。

「狸八かぁ、うん、いい名前だな」

「そうでしょうか」と、狸八はこぼす。元の名の代わりに与えられたのが狸とは、なんだか情けない。名前だけではない。己には何もできないことを、たった半日で突き付けられたのだ。これを情けないと言わずして、なんと言うのだ。

「俺は」

　ここでやっていけるのだろうか。

　年若い二人に愚痴を吐いてどうなる。ますます惨めになるだけではないか。言葉を押しとどめるように唇を噛んだ。

「いい名だよ。呼びやすい」

　銀之丞が言う。

「おめぇは運がいいぜぇ」

　眉を寄せ、本当にそうだろうかと、狸八は目で問いかける。

「いいぞ鳴神座は。楽しいぞ芝居小屋は。こんなに楽しい場所は、この世のどこにもねぇんだ。大丈夫だ、そのうちここが、おめぇの家にならぁ」

　まっすぐできらきらとした笑い顔に、狸八はなんだか力も気も抜けて、へなへなとその場にしゃがみ込んだ。目の奥がじわりと熱くなってくる。

「おう、大丈夫か」

答えれば涙が出そうになって、狸八は顔を歪(ゆが)めて笑う。よほどおかしな顔だったのかもしれない。銀之丞と金魚が顔を見合わせ、そろって眉を下げて笑った。

その顔が、目の端から滲んでいく。

「あれ、おかしいな」

ごまかすように顔を拭う狸八の背を、金魚の小さな手がさすっていた。

それから狸八は、作者部屋付きの見習いとなった。見習いと言っても、芝居の書き方を教わるわけではなく、ただの雑用だ。朝は作者部屋の神棚を掃除して新しい榊(さかき)を供え、皆が書き損じた紙屑(かみくず)を拾って掃除をし、松鶴や福郎のお使いに出ることもあった。どれも満足にこなせたわけではないが、惨めさは少しずつ減っていった。軽くなったと言った方がいいかもしれない。

稲荷町より上の役者たちとは間が合わず、相変わらず狸八は役者の姿を見ることはなかった。顔を合わせる役者と言えば銀之丞だけだ。

銀之丞は毎日のように作者部屋へ顔を出しては狸八を茶化しつつ、一座の役者についていろいろと教えてくれた。おかげで、役者の名前と次の芝居での役柄についてだけは詳しくなった。正月からは曾我物(そがもの)と呼ばれる同じ一つの芝居を続けており、この二月からは、それに新しい場が付け足されるのだという。

「曾我物の大詰と言ったら仇討ちの場だ。山場も山場だ。楽しみにしとけよ」

「銀も出るのか？」

銀之丞がそう呼べとしつこく言うので、狸八も観念して銀と呼ぶようになった。

「いや、俺はその前の前の場までだ」

そう答えると、少し悔しそうに笑った。

「だから直談判に行ったのさ」

銀之丞が稽古の合間を見つけては小屋の中を連れ回し、作者部屋の新入りだと誰彼構わず紹介するので、狸八は裏方に顔見知りが増えた。銀之丞はずいぶんと可愛がられているらしい。一緒にいるだけで、みなが好意的に見てくれていることが伝わった。

狸八としてはありがたかったが、金魚は、あの人は暇なだけですよ、と素っ気なかった。だが金魚は金魚で、もの覚えの悪い狸八に作者部屋での仕事や小屋の決まりを根気強く教えてくれる。そんな金魚の態度を、松鶴はこう言った。

「あいつはここで一番子供だからな。自分より下のもんができてうれしいのさ」

歳は狸八の方が十近く上なものだから複雑な心持ちだったが、ここではその扱いも仕方がなかった。金魚は機転が利き、よく働く。

鳴神座へ来て十日ほど経った二月の初め、芝居小屋の皆は、朝から妙にそわそわとしていた。いつもなら顔を洗うついでに現れる銀之丞も来ない。

順番を待って遅い朝飯を食い終わり、作者部屋へと戻ると、松鶴が一人いるだけだった。

「おめぇも来な」

黒の羽織に腕を通す、松鶴の声はいつもより硬かった。

「どこへですか」と、狸八は問う。

「戯場（ぎじょう）よ」

芝居小屋の一階には、次の興行で使う大道具や小道具を置いておく道具置き場がある。そこを抜けると、直接、本舞台の端に出る。戯場とは、本舞台と見物席とを合わせたところ、つまり客を入れて芝居をする場所のことだ。

「総ざらいだ」

気合いを入れるように、松鶴は羽織の紐（ひも）をきゅっと結んだ。

戯場の天井は高い。梁の組まれた辺りは、暗くてよく見えないほどだ。その天井を指すかのように、曾我十郎がすらりと抜いた刀の切っ先が、薄暗い舞台の上で微かに光る。演じるのは鳴神座の座元、鳴神十郎である。初めて目にしたその男は、舞台に現れたそのときから、ほかの役者とは何か違うと思わせるだけの風格があった。身振りは大きく、しかし指の先まで心を表し、よく通る声も、衣擦れの音さえも心地よかった。

役と同じ名なのは偶然であろうか。いや、おそらくこの男は、この役を演じるために生まれたのであろう。本舞台正面の平土間の、升に区切られた席の一つで、狸八はそう思い息を吞んだ。本番と同じ衣裳を身に着け、化粧こそしていないが、曾我十郎が憑依したかのように見える。

舞台は南を向いており、東西と南の壁の天井近くには、ぐるりと細い窓がある。その傍についた窓番が、舞台より遠い窓をいくつか閉めたため、芝居小屋の中は暗く、舞台だけがぼんやりと明るい。

「覚悟せよォ」

ざあざあと雨が降っている。本舞台と見物席との間に、天井から絶え間なく、幾筋もの水が流れ落ちている。白い寝間着姿のまま、布団の上で腰を抜かす工藤祐経に向かい、曾我十郎は刀を振りかぶる。祐経は、父親の河津三郎の仇だ。十郎の傍らには、弟の曾我五郎が、同じく刀を構えている。十郎の着物には千鳥、五郎の着物には蝶が描かれるのが決まりだ。柄だけで誰かわかるのは、曾我物と呼ばれるこの芝居が、昔から演じられ続けている証と言える。

五郎を演じているのは鳴神十郎の息子、佐吉だ。銀之丞の口から、何度もその名を聞かされた。まだ二十を過ぎたばかりだというが、薄暗い芝居小屋の中では、歳の差はわからない。本番では顔を白く塗り、赤い隈取を描くのだから尚更だ。対する工藤祐経は、本番では禍々しいほど青く隈取を描く。演じるのは白河右近。眼光鋭い熟練の役者だ。

正月から続いた曾我狂言は、二月に大詰の仇討ちの場面が付け足され、それをもって文字通り幕を引く。総ざらいにも気合いが入るというものだ。この場には出番のない役者たちや、大道具、小道具の道具方、衣裳方に床山といった裏方の者たちも、平土間や東西の壁際に設けられた桟敷席から、神妙に様子を見守っている。

演目の名は「雨夜曾我盃」という。曾我兄弟の仇討ちと言えば、宴の場で兄弟が工藤祐経と再会し、その場で仇を討つというものが多かった。将軍源頼朝が、富士の巻狩りに際して開いた宴だ。芝居ではその方が華やかになる。だが今年の興行では、本来の曾我物語に立ち返ろうと、作者の松鶴が言い出したらしい。その松鶴は、狸八の横で険しい顔をして、舞台を睨んでいる。髪を剃り落として広い額に、灰色の眉が時折ぴくりと動く。

舞台上には、一段高いところに祐経に割り当てられた寝所と、そこに面した庭とが作られている。庭には石灯籠や、松やつつじの植栽があるが、すべては作り物だ。

真夜中近く、宴を終えた祐経が床に就いたところへ、曾我兄弟は夜襲を仕掛けた。だが、寝込みを襲うことをよしとしなかった兄の十郎は、枕を蹴飛ばし、祐経を起こして名乗りを上げる。「河津三郎の子、曾我十郎祐成だ」と朗々と声を張り上げる場面は見どころの一つだ。祐経は刀を取るが、間に合わない。

先に刀を振り下ろしたのは、喧嘩っ早い五郎だった。祐経は、ぎゃあと喚いて倒れた。舞台の後方から合わせる囃子方の甲高い笛の音もまた、悲鳴のようだ。押さえた胸の辺りには、赤い血がべったりとついている。

「ひいィ、お助けェ」

十郎は応じない。五郎も再び刀を構える。引き結んだ口元は緩めぬままだ。

這(は)いつくばって庭へ下り、どうにか逃げようとする祐経を追い、さらに十郎が後ろから斬りつけた。祐経は顔を歪めて見物席へ向かって手を伸ばし、何事か呻(うめ)くと、やがて動かなくなった。

十郎が雨夜に響き渡るよう、高らかに誇る。

「父の仇、工藤祐経、あァ、討ち取ったりィ！」

腹から出した声は小屋中に響く。狸八はごくりと唾(つば)を飲み込んだ。耳には誰かのため息が聞こえていた。

五郎が懐(ふところ)から出した朱塗りの盃(さかずき)を半分に叩き割る。己が死に追い込んだ男の子と知らぬ祐経が、宴の場で五郎に取らせた盃である。本来は宴の場で割るのだが、人気のある場面のため、今回は外で割ることにしたらしい。

雨夜に月はなく、背後に張られた黒い幕の、空はどこまでも暗い。闇夜だ。そして本舞台の手前には、天井から細く流れ落ちた水が、本舞台と平土間との間に作られた溝を流れていく。この水は、やがて芝居小屋の外へと流れ出るのだそうだ。背景の幕に雨を描いたり、上から鉄の棒を吊るすのでは、松鶴がよしとしなかったのだ。

工藤祐経が絶命したことを確かめると、十郎は刀を抜いてぶら下げたまま、見物席をぐるりと見回す。ぞっとするような目つきをしている。だが、それは美しさと清々しさとを纏っていた。
仇討ちの余韻に浸るのも束の間だった。祐経の悲鳴と十郎の名乗りとを聞きつけ、鎧に身を包んだ武者たちが、わっと上手から現れた。その数八人、太刀や薙刀を持ち、鎧は華やかだ。
「おのれ、不届き者め」
鳴神座の中堅から若手の役者たちが、声を上げて曾我兄弟と斬り結ぶ。一際体が大きいのは、鳴神岩四郎演じる仁田四郎忠常だ。文字通り岩のようなごつごつとした顔とたくましい六尺の上背が自慢の、鳴神十郎の甥である。忠常は間合いを取ると、獅子のような雄叫びを上げ、薙刀でもって十郎を討ち取った。三味線が悲しげに鳴らされ、太夫が歌い上げる。
斯くて命の尽きるとき　思い浮かぶは母の顔
最後に見たは弟の　体に舞いける蝶の群れ
一方で五郎は逃げる若武者を追いかけ、将軍頼朝の陣屋へと近付いてしまう。

五郎の脇を朱鷺色の女の着物がひらめいたかと思うと、それを纏った者が、背後から五郎を捕らえた。

「主君の寝込みを襲おうとは、なんたる不届き、あァ、許せぬゥ」

頼朝の側に仕えていた、力持ちの御所五郎丸だ。演じているのは橘新五郎という三十ほどの歳の役者である。頰骨の目立つ細面だが、低く太い声はよく響く。

五郎は御所五郎丸を振りほどこうとするが、武者たちの声に兄の死を知り、もがくのをやめる。五郎の体には縄がかけられた。

「我ら兄弟に悔いはなし。兄上、じきに五郎も、あァ、参ります」

五郎の声の伸びきる終わりに、拍子木が打たれ、音もなく幕が引かれた。

江戸の者なら誰でも知っている。五郎はこのあと頼朝の前に引き出され、首を刎ねられる。五郎の最期を思わせる、切なさの残る終わりであった。

いつの間にか雨は止んでいた。曾我兄弟の仇討ちの余韻を残す、黒、紺、柿渋の三色の縞が描かれた幕を、狸八はぼうっと眺めていた。なんだか体中が痺れたようになって、声も出なかった。

すごいものを見た。総ざらいとはいえ稽古の段階で、こんなにも胸を打つのか。

　そこへ余韻を振り払う声が響く。

「よぉし、幕を開けな！」

　声は前方からだった。

「へぇ！」

　応えて、幕の内側に控えた男が走って幕を開ける。そこには曾我兄弟と、生き返った工藤祐経、鎧武者たちが立っていた。

「いいじゃねぇか」

　幕を開けろと指示した老人が、腕を組んで舞台へと近付いていく。老人の名は鳴神喜代蔵という。鳴神十郎の父にして、一座の役者や裏方すべてを取り仕切る、頭取という立場の男だ。齢は七十近いが、喜代蔵もまた役者として健在である。

「右近は斬られるときの顔がいいねぇ」

「へぇ、そりゃどうも」

　血だらけの工藤祐経が、軽く頭を下げる。

「佐吉、斬るときにな、もっとゆっくり、刀をこう、ひねりな」

喜代蔵は手首をひねって見せる。なるほど、その方が、刃に光が跳ね返り、薄暗い舞台でよりよく目立つ。鳴神佐吉は刀を持つ手を何度か返すようにひねって頷いた。

「はい」

面長で切れ長の目をした佐吉は、凛々(りり)しい色気を纏う若武者らしく見えた。蝶の柄の衣裳が、そこに華を添えている。

「こんなもんでしょうかね、先生」と、喜代蔵がこちらを振り返る。役者らしい、目鼻立ちの際立った顔だ。歳の割にはたるみも少なく、口元に刻まれた皺(しわ)は、喜代蔵の厳しさとおおらかさとをよく表していた。だが松鶴の顔を見るなり、喜代蔵はわずかに眉をひそめた。

「何か、気に入らないことがありますか」

狸八は思わず右隣を見る。松鶴は腕を組んで両手を羽織の袖に突っ込み、口をへの字に曲げていた。

「ああ、あるとも」

そう答えて立ち上がる。升の仕切りを跨(また)ぎ、舞台へと近付く松鶴のあとを、狸八は慌てて追いかけた。素晴らしい芝居だった。いったい、なんの不満があるというのだろう。

舞台上の役者たちが膝をついた。松鶴となるべく目の高さを合わせるためというのもあるが、役者にとって、狂言作者というのは親よりも偉いらしい。

舞台のすぐ手前で立ち止まると、松鶴は天井を見上げた。雨は止んだが、残りの滴（しずく）がまだぽたぽたと垂れている。

「雨が足りん」

「雨？」

十郎が、訊き返して上を見る。みな、誘われるように天井の、雨を降らせる仕掛けに目をやる。

舞台の上には竹を半分に割った雨樋（あまどい）のようなものが渡され、そこには等間隔に穴が空けられている。竹はわずかに傾けて吊るされており、高くなっている下手の端から水を流し込んでいるのだ。雨と聞きつけ、舞台脇の天井に組まれた梁の上から、大道具方の亀吉（かめきち）がひょっこりと顔を出した。狸八も何度か会ったことがある。まだ十代半ばと若くて身が軽く、芝居中の天井での仕事を任されている。

「亀、もういっぺん水を流してみな！」

松鶴が声を張り上げる。

「へぇ、先生！」

返事とともに亀吉が引っ込むと、向かって左の端から雨が降り始めた。雨といっても、ぽつぽつと滴が降るわけではなく、空いた穴からは水が出っぱなしだ。

「小便みてぇだな」と、松鶴が呟く。

「だが、それにしても足らねぇ。源治郎はいるか」

舞台の下で様子を見ていた大柄で目のぎょろりとした男が、応えて立ち上がる。元は大工だったが、腕を見込まれて鳴神座へ引っ張り込まれた、大道具方の親方だ。

「もっとこう、ざぁざぁと」

松鶴は両手を縦に揺らして言う。

「どしゃ降りにしてぇんだ」

「どしゃ降り、ですかい」

「こいつぁ仇討ちの夜の雨だ。あの兄弟は親父の仇討ちのためだけに、十数年を生きたのよ。ただの雨じゃあ駄目だ。滝のような雨じゃねぇとな。こいつぁ、天からの涙だ。親父の悔し涙、おふくろの悲しみ、十郎の喜びと、五郎の誇りだ。それをみんなひっくるめて、ありったけの雨にして降らせるのよ。あの兄弟は舞台の上では泣けねぇ。そもそも涙なんざ見せねぇ男どもだ。だから、代わりに天が泣くんだ。わかるかい」

なるほど、と狸八は思う。雨一つにもわけがあるのか。

役者たちも深く頷いて聞いていた。とくに曾我五郎を演じる鳴神佐吉は、急に五郎が乗り移ったかのように、それまでとは違う顔をしていた。

はあ、と返事をしながら源治郎は太い腕を組み、天井の仕掛けを見上げた。亀吉が心配そうにまた顔を出す。

「滝のような雨、ねぇ」

源治郎は眉を寄せただけだったが、頭を抱えているのはよくわかった。いつの間にか、福郎と左馬之助も松鶴の脇へ並んでいた。二人とも不安げな顔をしている。

「ちょっと待ってください、先生」

そう言ったのは、十郎を討ち取る仁田四郎忠常を演じた岩四郎だ。

「話はよぉくわかりやした」

「そうかい」

「だが滝のような雨なんざ降らされたら、台詞が聞こえなくなっちまう」

「おめぇの声は聞こえるぜ」と、松鶴が苦笑する。体の大きい岩四郎の声は、確かによく響く。

「俺はいいですよ。ただ、ほかの連中が」

「そうです。ただでさえ、向こう桟敷までは届かねぇんですから。その上、手前の方までとなったら客が怒りますよ」

朱鷺色の女物を肩から羽織った新五郎も言う。向こう桟敷とは、正面平土間の後方、舞台から一番遠い立見席のことだ。役者の声は聞こえず、姿もよく見えないため、最も値が安い。松鶴はうるさそうに首を振る。

「そんななぁ、腹から声出してなんとかしな。それが役者だろう」

「へっ、そんなに腹を絞ったら切れちまうぜ。お陀仏」

右近が小さく皮肉をこぼした。

「先生、こっちも困りますよ」と、新たな声が上がる。

花道を通り、舞台につかつかと近付いてきたのは、衣裳方をまとめる春鳴だった。背が高く、締まった体つきの男前だが、役者でもないのに化粧をし、髪は女のように勝山髷風に結い上げている。桜の柄の小袖も相俟って、奇妙な色気のある男だ。

「それだけ雨が降れば、跳ねっ返りで濡れるでしょう」

「そりゃあそうだ。いっそ役者も濡れた方がいい。雨の中で刀を振るうんだ」

舞台を濡らすのは、と源治郎が言いかけたが、続く春鳴の声に掻き消された。源治郎の言いたいことはわかる。舞台を毎日のように水浸しにされては、あっという間に腐ってしまう。

「次の日までに乾くかどうか。二枚も三枚も、同じのを用意できるようなお足はないんですよ」

額に手を当て、春鳴はため息を吐く。

「先生が血糊(ちのり)を増やせ増やせとおっしゃるから、近頃は斬られ役の衣裳は多く用意しますけどね。それで手一杯ですよ。右近さんで手一杯」

右近が手についた血糊を見て苦笑する。本番で右近の着る寝間着を模した白い衣裳は、興行の間、衣裳方の下っ端が毎日毎日洗うのだそうだ。それでも落ちない血糊は、舞台の暗さでごまかすらしい。

「派手な方が客が入るんだ。そのために演目を新しく書き直したんだからな」

「そりゃあそうでしょうけどね」

「先生、俺も鬘(かつら)がぐしゃぐしゃになるのは参るぜ。土左衛門(どざえもん)じゃねぇんだからよ」

白髪交じりの髪を掻き、床山の宗吉が衣裳方に加勢するその後ろでは、大道具の源治郎が、「さてどうしたもんか」と呟いている。天井から下りてきた亀吉と、道具方がわらわらと源治郎の周りに集まった。

「如雨露をたくさん用意して、梁の上から一斉に降らせるのはどうです？」

「水はどうする。途切れたら雨が止むぞ」

「火消しのときみてぇに、水をつぐのと雨を降らせるのとで役を分けりゃあ」

「だから、その水はどこから持ってくるってんだ。仇討ちの間中ずっとだぞ」

「でっけえ如雨露をつくりますか。人が入れるくらいのやつに、水をなみなみ入れれば」

「ばか、天井が抜けらぁ」

「どだい無理なんですよ、大雨なんざ」

狸八はただおろおろとするばかりだった。一座に入って日の浅い狸八には、それぞれの事情はまだ今一つわからないし、口を出していい立場でもない。どうしてここにいるのかわからないくらいだった。だが、どうあってもこれはまとまらないだろうと思えた。役者は役者で、裏方は裏方で、不満は収まるどころか、

次々と噴き出している。そこへ一言、

「やかましい！」

鶴の一声ならぬ、松鶴の一声だ。みな一斉に口を噤む。

「ともかく、この場にゃあ大雨がいるんだ！　文句ばっか垂れてねぇで頭を使いな！」

そう怒鳴るとくるりと踵を返し、舞台脇の戸口から裏へと引っ込んでしまった。福郎と左馬之助はそれぞれ役者と話し込んでおり、一人残された狸八は振る舞い方もわからず、ただひたすら周りに頭を下げ、慌てて松鶴のあとを追う。

「なあみんな、文句を言っても仕方ねぇのは確かじゃねぇか」

背後からは、皆をなだめる喜代蔵の声が聞こえた。

「ひとまず、やってみようじゃないか」

唸るような声で、みな渋々応えている。去り際にちらりと振り向くと、何人かはこちらを睨んでいた。狸八は、ひっと息を呑む。

この人の元にいることは、思ったよりも大変なことなのかもしれない。

前を行く恩人の背中は、まるで不動明王のように炎を背負っていた。

福郎と左馬之助が戻ってきてもまだ張り詰めたままの作者部屋を出ると、廊下で銀之丞が待っていた。

「これからどうすんのかな」

腕組みをしつつ、どこか他人事(ひとごと)なのは、「雨夜曾我盃」の仇討ちの場に、銀之丞の出番はないからだ。先ほども、二階の桟敷席から見ていたらしい。両腕を伸ばして、頭の後ろで組む。

「松鶴先生も無理ばっかり言うからな」

「銀、聞こえるぞ」と、狸八は背後の障子を気にしながら言うが、銀之丞は悪びれずに笑った。物怖(ものお)じしないのは誰に対しても同じで、相手ももうわかっているというのが常だ。先ほどの言葉も、たとえ聞こえたとしても、松鶴は気にしないだろう。怒鳴られたとして、気にする銀之丞でもない。

廊下は総ざらい終わりで人が行き交っていた。血糊で汚れた右近の衣裳を抱えた衣裳方は裏手の井戸へと向かい、別の衣裳方と小道具方は、その血糊の濃さについて話し合っている。大道具方は舞台上に雨を降らせた竹をやはり裏へと運び出し、そのあとを、ぽつぽつと落ちる滴を拭きながら亀吉が追っていく。三味線や尺八を持った囃子方は、楽器を抱えて反対側の楽屋口からぞろぞろと出ていった。囃子方は、近くに稽古場を持っているのだ。

みな短く言葉を交わしては、さっさと散っていく。戯場に客を入れるまであと五日だ。本来総ざらいとは、興行初日の前日の通し稽古のことを指すのだが、今回は松鶴が雨の仕掛けを気にして、早くにやることになったのだという。とはいえ、ゆっくりしている暇はない。

「松鶴先生はなんて？」

「それが、どうにかしろの一点張りで」

忙しそうな連中を眺め、狸八はぼやくように言う。大雨を降らせる手立てを、松鶴自身はまるで考えるつもりがない。それよりも本番までに正本を確かめておきたいのだろうが、丸投げされた方はたまらない。

「まあ、そうだろうな」

「今日は肩も揉まなくていいそうだ」

「そりゃあ先生も本気だ」

この十日余り、作者部屋付きとして雑用をこなしているうちに、少しずつだが鳴神座のことが、芝居小屋のことが見えてきた。

芝居は役者ばかりがもてはやされるが、小屋の内側では、狂言作者の力が一番大きい。考えてみればそれも道理だ。話の筋を書き、どの役をどの役者が演じるかを決めるのは作者だ。稽古の中で役者や裏方が作者のやり方に口を挟むこともあるし、それこそ銀之丞のように直談判に来る役者もたまにはいるが、松鶴が是と言えば簡単に通り、松鶴が否と言えば、それはけして通らない。

作者部屋には、松鶴を手伝い正本を書く福郎、左馬之助と、芝居を学びつつ細かな仕事をする金魚、それから一番下っ端の狸八がいるのだが、皆、松鶴の思い描いた芝居を叶えるために奔走している、といった形だ。

「けど、言われたからにはどうにかしないと」

同じ部屋にいることが多い分、松鶴の不機嫌に当てられるのは、狸八を含めた四人だ。

「お、作者部屋の見習いが板についてきたんじゃねぇか」

ほめられたのかよくわからず、狸八は口の端を下げた。

「こき使われるのが板についてもなぁ」

ひひ、と銀之丞は意地悪く笑う。

「おめぇも苦労すんな」

「他人事だと思ってるだろう」

「そりゃおめぇ、俺とおめぇは他人だからな。当たりめぇよ」

　飄々と言う。銀之丞と軽口を叩き合っていても埒が明かない。狸八は腕組みをして天井を見上げた。

「雨、大雨か」

　松鶴は不満そうだったが、今降らせている雨でも、狸八は十分驚いた。仕組みも水の量も、よく考えられている。だが、その程度の驚きではだめなのだろう。松鶴は、江戸三座に挑むのだと、事あるごとに言っている。客を惹きつけ一座の評判を上げなければ、挑むことすらできないほどに、江戸三座は雲の上だ。

　芝居小屋の中、それも舞台の上に大雨を降らせる手立てなんて、狸八にはとても思いつかない。それも、絵に描いた雨や鉄の棒ではだめだというのだから、どうしたらいいのだろう。

「源治郎さんっていったか、あの大道具の」

「ああ、親方な」

「あの人に相談すればいいのか」

　大道具方の仕事場は、客のいない舞台と見物席だ。広い場所を目一杯使って作業をしているそうだが、まだ見に行ったことはない。ううん、と銀之丞が唸る。

「さっきの様子じゃあ、あっちもまだまとまらねぇだろうな」

総ざらいの場では、大道具方はみな渋い顔をしていた。話し合いの場へ行き、どうしたら大雨を降らすことができますか、なんて訊いたら、それこそばかだ。

「まいったな。俺は何も思いつかないんだ。相談に行ったところで役立たずだ」

「そりゃあそうだろ」

すぐさま返ってきた銀之丞の言葉に、思わず狸八は言葉を失う。

「狸八はまだここへ来たばっかりだし、芝居のことも仕掛けのことも、何にも知らねぇだろうが」

それはそうだが。

「芝居の仕掛けってのは、役者の邪魔にも芝居の邪魔にもならなくて、けど人目を引いて、評判が、どおんと上がるもんがいい。そんなの、おめぇにわかるか？　考えたってわからねぇだろ？　な？」

「あ、ああ」

「先生だって、なにもおめぇに手を考えてほしいとは思ってねぇさ」

「じゃあどうしたら」

銀之丞はにっと笑った。

「狸八よ、おめぇ、何のために俺がここへ来たと思ってんだ」

「良い手があるのか？」

「ちげぇよ、それをこれからみんなに聞きに行くのよ」

　銀之丞は廊下の奥を指す。

「ここには、人だけは山ほどいるからな。誰か良い案を持ってるかもしれねぇ。親方んとこへ行くのは、ここのみんなに訊いてからでも遅くはねぇだろ」

　そうか、と狸八は気付く。銀之丞は、狸八が困っているとわかってここへ来たのだ。狸八一人では、芝居小屋の皆に聞いて回るのは難しい。まだ口を利いたことのない者も多いし、新入りは相手にもされないだろう。だが、銀之丞が一緒であれば話は別だ。

「芝居ってのは、一座のみんなで作り上げるもんなんだぜ」

　松鶴の無茶に振り回されているというのに、銀之丞は心底楽しそうに笑う。なぜだろう、その顔を見ると、なんとかなるような気がする。

「すまない」

「なんのなんの、これしきこれしき」と、歩き出した銀之丞が歌うように言った。

芝居小屋というのは思いのほか広い。客が八百人も入れる戯場は言うまでもないが、その奥が広い。深い、と言った方がいいかもしれない。なにせ、楽屋も衣裳部屋も風呂も稽古場も、一つの建物に入っているのだ。三階建てのそこに、四十人余りの役者と浄瑠璃方、囃子方、裏方や見習いといった百数十人の人間が、いつでも出入りし、働いている。それこそ一つの町のようだ。

家があり妻子がおり、通いでやってくる者もいれば、独り身でここに住み込んでいる者もいる。裏方の位の低い者などは大概それで、狸八も芝居小屋の中で毎夜眠っている。

それでも、規模は小さい方らしい。江戸三座にはこの倍ほどの人がいる。お上から大芝居を打つ許しを得たからといって、いきなり一座が大きくなるわけではないのだ。回り舞台やせりのような大きな仕掛けもすぐにはできないし、役者や裏方たちが急に増えるわけではない。一座の稼ぎとてそうだ。

稼ぎを増やしながら、少しずつ人と仕掛けとを増やしていく。人手が足りないと言って、松鶴が狸八を拾ったのもこのためのようだった。八百人も入れる戯場と聞けばすごいと思うが、中村座は千三百人入れるのだから、江戸三座はやはり格が違う。

一階には作者部屋のほかに、頭取座という部屋がある。そこでは一座のすべてを取り仕切る頭取の鳴神喜代蔵と勘定方の面々が、そろばんを弾いたり帳面とにらめっこしていたりする。あとは舞台裏の道具置き場と、稲荷町と囃子町だ。

囃子町というのは、囃子方が芝居の前に鳴り物の調整をするための部屋だ。三味線や尺八といった鳴り物を火であぶって調整することもあるため、この部屋には必ず囲炉裏(いろり)がある。たまに作者部屋にまで、調子はずれな音が聞こえてきて、そのたびに松鶴がうんざりといった様子で顔をしかめている。

稲荷町の役者たちは稽古に忙しかった。工藤祐経が斬られたあとに、仁田四郎忠常とともに飛び出してくる武者たちには、稲荷町の役者が多い。布団をどかして真ん中を空け、十郎や五郎に飛びかかっては斬られる動きを繰り返している。

みな雨の降らし方など頭になく、自らの与えられた役を全うするのに精一杯で、狸八と銀之丞は、しっと追い払われた。

「銀、おめぇはそんなこと親方に任せて稽古しろ」

そう歳も変わらぬ役者にばかにしたように言われ、銀之丞は舌を出して稲荷町をあとにした。

向かいの囃子町には男が一人いて、三味線を風呂敷に包んでいるところだった。ここから一丁南にある、囃子方の稽古場へ戻るところだという。鳴り物は雨の日には音が変わるとかで、男は舞台の水の量を気にしていた。

「湿り気は三味にも尺八にも鼓にも、いいことなんざ一つもねぇのよ」

狸八が作者部屋の見習いと知るや、切なげに訴える囃子方に、銀之丞は笑う。

「諦めた方がいいぜ。降らせない、ってのはもう、松鶴先生の頭にゃねえ」

囃子方は縋るような目で狸八を見た。

「銀の糸や紙じゃあ、先生は納得してくださらないか」

「銀の糸や、紙？」

ああ、と囃子方は頷く。

「こう、銀色の、細く切った紙や糸でな、舞台の幅いっぱいに、暖簾みたいにぶら下げるんだ。舞台の手前にな。そうしたら、きらっとして雨みたいに見えるんじゃねぇかと思うんだが」

なるほど、それなら客からは雨の向こうに役者が見えるし、衣裳も濡れず、台詞も聞こえる。だが、どうだろう。銀之丞と目を合わせるが、お互いに表情は険しかった。

「先生は本物の水にこだわってるからなぁ」

「俺も、そこは念を押されたんです」

そうか、と囃子方はうなだれた。

「梅雨の時分だとでも思って、どうにか」

気休めにもならない銀之丞の言葉に、囃子方はさらに肩を落とす。

「やっぱり大雨は降るのかい」

「降らせるのさ。それだけは、もう決まってんだ」

囃子方の姿を見るとなんとも申し訳ない心持ちになり、三味線を背負って小屋を出ていく男を、狸八は頭を下げて見送った。

「銀の糸や紙で暖簾をってのは、いい手だと思ったけどな」

顔を上げて見ると、銀之丞も頷いていた。

「俺もさ」

「本物の水じゃなけりゃいけないってのは、縛りがきついな」

「仕方ねぇ。先生がうんと言わなけりゃ、芝居をやらしてくれねぇかもしれねぇからな」

銀之丞は一階をぐるりと見回して言う。

「次は上だな」

頭取座と作者部屋を除けば、あとは風呂と道具置き場があるだけの一階には、先ほどの総ざらいに関わりのある者はほとんどいない。外へ出れば裏手に井戸と厠、衣裳蔵などがあるが、上がった方が人はいるだろう。ひとまず狸八と銀之丞は、中二階へと続く梯子(はしご)を上った。

芝居小屋は外から見れば二階建てだが、中は三階に分かれている。三階建てならば、二階を中二階と呼ぶのはおかしな話だ。これにはからくりがある。

実を言うと、お上は三階建てを禁じている。三階建ては火事になると大ごとで、江戸の町は今まで大火でずいぶんと痛い目を見てきた。とはいえ、芝居小屋は二階建てでは足りないため、二階を中二階と、三階を二階と呼んでお上の目をごまかしている。そんな詭弁(きべん)ですり抜けられているのもどうかと思うが、芝居小屋の一つの階ごとの天井は、よその建物よりも低い。三階建てよりは低いからよし、ということで、見逃してもらっているのかもしれない。

その中二階は、いつでも白粉(おしろい)の匂いが漂っている。廊下を挟んで左に女形(おやま)の楽屋が並び、右側には衣裳方の部屋と、鬘屋(かつらや)と呼ばれる床山の部屋、そして小道具方の仕事場がある。役者の人数が少ないため、男の役と女の役とを兼ねている役者の楽屋もこの階にあり、一番端の楽屋は銀之丞も数人と使っている。顔がいいからと、端に座っているだけの遊女なんかの役も来るのだと、本人は不本意そうだった。

「兄さん、兄さん」

銀之丞が、自分の楽屋とは反対の端の、紅梅色の暖簾に向かって呼びかけるのを見て、狸八はぎょっとした。そこは立女形の楽屋だ。

「誰だい」と、中から落ち着いた声がする。

「銀之丞でございます」

「ああ、入りな」

暖簾をくぐると、白粉の匂いが一層強くなった。こちらに背を向け鏡台に向かっているのは、鏡越しの流し目も艶やかな、白い肌の美女であった。骨ばった手で、下ろした長い髪をゆっくりと梳っている。傍には化粧を落とすために湯の張られた金盥が置かれている。

「おや、そっちのは新顔だね。なんて言ったっけねぇ。どこかで見かけたような気がするんだけど」

芝居のときのようにつくらぬ声は間違いなく男のものだが、声を聞き、動く喉仏を見ても、まだ男とは信じられない。

「狸八と申します。作者部屋の見習いです」と、狸八は丁寧に頭を下げた。吉原で高位の遊女を見たときのように、体が強ばり、圧倒される。

「ああそうだった。金魚からそう聞いたのに、悪かったねぇ」

「いえ、そんな」

鳴神座一の女形、白河梅之助は、先ほど工藤祐経を演じていた白河右近の実の息子だ。銀之丞によれば、化粧をしていないことの方がめずらしいそうで、先ほどの総ざらいでも、一人だけ化粧をして臨んでいた。

仇討ちの場の一つ前、宴の場に、梅之助は頼朝たちをもてなす遊女として登場し、舞を披露する。吉原の女たちとは違う正体の見えない妖しさに、狸八はそわそわとする。女っ気の一切ないこの芝居小屋の中で、梅之助の様は異様なほどに女を感じさせた。

「さて、何の用だい」

梅之助が髪に手を添えたまま、こちらに向き直る。銀之丞が畳に正座するのを見て、慌てて狸八も座った。

「兄さん、さっきの総ざらいのことなんですがね」

そう言った途端、梅之助は口元に手を当て、小さく噴き出した。その仕草は女のもので、笑い声は男なものだから、狸八は頭がおかしくなりそうだった。演じていないときでも女のように振る舞うのは、鳴神座では梅之助だけだという。

「俺も見てたよ。西の桟敷で」

「どう思います、兄さん」

「源治郎さんたちは困ってるだろうね」

「春鳴さんのとこも宗吉さんとこもですよ」と、銀之丞が眉を寄せた。

「ああ、鬘屋さんもかい。かわいそうに」

ちらりと、梅之助が銀之丞と狸八とを交互に見る。

「それで、そのことで俺にどうしろって？」

「兄さんなら、何かいい案をお持ちじゃないかと」

「俺が？　先生お望みの大雨を降らす手を？」

「はい」

思いもしなかったのか、梅之助は破顔した。紅を塗ったきれいな形の唇が、大きく開かれる。

「俺に聞きに来てもどうにもならねぇさ。俺は考えたこともない。そんななぁ、作者部屋の役目だろうよ。なぁ、狸八とやら」

はい、と思わず上ずった声で答える。

「そんなことより、俺は花房屋（はなぶさや）の新しい紅のことで頭がいっぱいなんだ。一、二度塗っただけで緑に光る、玉虫色の紅だそうじゃないか。俺の持っているのは何度も塗り重ねなくちゃならなくてね。口が厚ぼったくなって仕方ない。化粧を落としたら買いに行こうと思ってたところさ」

「それは兄さんに似合いそうです！」

「そうだろう？」

「はい！　お供しますよ！」

犬が尻尾を振るように返事をする銀之丞に呆れていると、梅之助は首を横に振った。

「お前がいたら、気晴らしにもなんにもなりゃしない」

「ああ、そうですよね！」

あっけらかんと笑って頭を掻くその脇腹を、狸八は肘（ひじ）で小突く。これといった手立てがないのなら、これ以上ここにいても仕方ないのではないか。時はない。言いたいことを目で察した銀之丞とともに、そそくさと梅之助の部屋を後にした。

「あの人のところへは、行かなくてもよかったんじゃないか」

紅梅色の暖簾の方を気にしながら、狸八は小声で銀之丞に問う。結局いくらか時を無駄にしただけで、雨の仕掛けについての糸口さえなかった。

「兄さんは切れ者なんだ」

まあまあとなだめ、銀之丞は狸八の肩に腕を回す。

「だが気まぐれで、知恵を貸してくれるときもあるけど、いつもそうってわけじゃあねぇ。今回は高みの見物を決め込むみたいだ」

妙にあっさりとした口ぶりだった。付き合いの長い銀之丞にはよくわかっているのかもしれないが、狸八は腑に落ちない。みなが困っているのはわかっているだろうに。

「おもしろがってるのか」

「そういう人なんだ」

まるで本物の遊女のようだ。銀之丞も言った。だからあの人には色気があるのだと。

その隣は二部屋続けて、紅谷孔雀（べにやこうじゃく）と朱雀（すざく）という紅谷家の兄弟の楽屋だが、どちらも留守だった。仇討ちの場には二人とも出番がないため、総ざらいのあとすぐに帰ったのかもしれない。ちなみに兄弟の父親である紅谷八郎(はちろう)は、一つ前の宴の場で、将軍源頼朝を演じている。

廊下を挟んで向かいの衣裳部屋へ行くと、絢爛豪華(けんらんごうか)な衣裳にぐるりと囲まれて、春鳴が弟子たちと額を集めて話し込んでいた。そこに床山の宗吉と、数人の弟子も交じっている。床山たちからは、髷を結うのに使う油の匂いがしていた。

「ああ、銀。それから作者部屋の、狸八、だったっけね」

春鳴は狸八たちの姿を認めると、手招きして座に場所を空けてくれた。春鳴は何度か作者部屋へ衣裳の相談に来ており、狸八とも顔を合わせたことがある。

「先生はあのあと何か言ってたかい」

「いえ、どうにかしろと言ったきり、ただただ腕組みをしてぶすっとしてます」

そう言うと春鳴は苦笑した。

「福郎と左馬之助が気の毒だね」

まったくもってその通りだ。雑用仕事がない分、あの二人は一日中、松鶴と顔を合わせていなければならない。

「こっちはどうなってるんですか？」

中二階には小道具部屋もあるが、小道具方の姿はない。顔ぶれを見るに、大雨を降らす手立てを話し合っているわけではなさそうだ。銀之丞の問いに、宗吉が腕組みをして唸る。

「どうもこうもねぇさ。ひとまず、十郎さんと右近さんと佐吉の鬘は、二つずつ用意することにした。濡れても平気なように、前の芝居で使ったのを解いてな、今の役に合わせて結い直す。それだけさ。岩四郎のも二つ用意しときてぇんだが、あいつの前のっつったらほれ、勧進帳の弁慶だったろう。あれじゃあ、結い直しても武者にはならねぇからな」

弁慶の髷といえば、後ろ髪が扇形に広がっていて肩の辺りまでしかなく、それでは武者の髷は結えない。

「烏帽子が取れたら大笑いだもんな」と、銀之丞が茶化した。

「そうだ、あいつは烏帽子があるからな。自前の髪で結って収めちまえば、それでもいいかもしれねぇ」

「こっちもね、主だった役者の衣裳は、何枚かずつ用意することにしたよ。あとで十郎さんたちのとこへ聞いて回るよ。曾我兄弟のを何枚持ってるかってね。あとは若武者たちのだけど、これは今、蔵に探しに行かせてる」

春鳴が言う。立役を務めるような役者は、自前の衣裳をその都度仕立てる。衣裳蔵に積んであるのは、町人や武士といった無名の人々の衣裳や、忠臣蔵などで必要になる揃いの衣裳だ。

「何人かは曾我兄弟の衣裳を仕立ててるからね。十郎さんと佐吉さんには我慢してもらって、人の衣裳や、去年の衣裳を着てもらうことになるかもしれない」

毎年定番の曾我物だったことが、せめてもの救いかもしれない。今年は御所五郎丸役の橘新五郎や、工藤祐経役の白河右近も、曾我兄弟を演じたことがあるという。

「あの二人の千鳥と蝶の柄さえ同じなら、ほかの人はごまかしが利くからね。岩四郎さんや新五郎さんの柄は毎日変わっちまうけど、さすがに濡れたものを着せるわけにはいかないから」

曾我兄弟の仇討ち後に飛び出してくる、名もない武者たちならいざ知らず、名のある役者の衣裳は艶のある絹で仕立てている。それも厚手の立派なものだ。近頃は春の風も吹くとはいえ、毎日着物が乾くとは限らない。

「梅之助さんの寝間着を、右近さんに着せることにもなるかもしれないね」

春鳴の言葉に、座を囲む者たちの口元が緩んだ。狸八もつい思い浮かべてしまう。

「そりゃあ右近さんが色っぽくなっちまうな」

「兄さんには黙っときましょう」

顔を見合わせてけらけらと笑う。その波が収まる頃、狸八が尋ねた。

「あの、ここにいる皆さんは、大雨が降ると見込んで、考えてらっしゃるんですね」

春鳴と宗吉が顔を見合わせる。

「本当にばか丁寧な口を利く男だね」と小さく笑ってから、春鳴が答える。

「あたしらは、源治郎さんたちなら、大雨を降らすことができると思ってるからね。松鶴先生は言ったことを引っ込める人じゃあない。けど、源治郎さんだって腕は確かさ。今までだって、舞台の上に橋も架けたし、花びらの降る大きな桜の木も拵えてきたんだ。だったら、はじめっから舞台に大雨の降るつもりで支度するのがあたしらの仕事さ」

「そういう、ことですか」

狸八は感心して頷いた。源治郎はその腕で、手柄を立ててきたようだ。春鳴たちは大雨が降るのは間違いないと信じている。

だが総ざらいの場では、とても納得のいったようには見えなかった。狸八は総ざらいでの態度を尋ねる。春鳴は困ったような呆れたような顔で息を吐いた。

「そりゃあ、一度は噛みついとかないとね。そうしないと、あたしらがどれだけ苦労してるかなんて、あの先生はわかりゃしないんだから」

宗吉も白髪交じりの眉を寄せて笑う。

「役者の頭が鬘か自前かだって、先生はわかっちゃいねぇかもしれねぇ」

たしかにと、床山たちが頷いた。まさかと思ったが、作者部屋での松鶴の様子を思い出すと、あながち間違ってはいないような気がした。役者たちの台詞や動き、浄瑠璃に気は配っても、衣裳や鬘についてどうこう言っているのは聞いたことがない。任せきりなのは信頼しているからなのかどうなのか、今の狸八に知る術(すべ)はない。

「噛みつかれてるのもわかってなかったりしてな」

銀之丞がそう言うと、春鳴は大袈裟に身震いし、宗吉は大きなしみのある手を額にやった。

「やめとくれ、縁起でもない！」

「それはさすがに参るぜ」

座の者たちが頷いたり、険しい顔で唸ったりしていると、ふいに茶緑色の暖簾を、細い手が掻き分けた。

「狸八さん、ここにいましたか」

顔を出したのは金魚だった。

「なんだ？」

「先生が千里屋の羊羹をご所望です」

買ってこいということだ。やれやれと狸八は立ち上がる。

「羊羹が要るってことは、だいぶ煮詰まってるね」と春鳴が言った。金魚が頷く。

「そのようです」

「よし、狸八、俺も行くわ」

膝を叩いて銀之丞が体を起こす。

「どうせこれより上には行けねぇしな」

ちらりと目を天井へやる。二階という名の三階は、主だった役者の楽屋と稽古場とがある。鳴神家の十郎、佐吉、喜代蔵、岩四郎と、白河右近、橘新五郎に紅谷八郎、それから雲居という苗字の親子も二階に楽屋を持っている。

一座の名だたる役者の集まる二階への梯子は、上がったところに格子戸があり、さらにいかつい楽屋番がいつでも立っているため、用のない者は通れないのだ。狸八も上の階のことは話に聞いただけで、梯子に足をかけたこともない。

「さ、行こうぜ狸八」

「銀之丞さんはそんなに暇なんですか？」

呆れて尋ねる金魚に、銀之丞は唇を尖らせて言う。

「ちげぇよ、気晴らしと狸八のおもりだよ。迷子にならねぇか見てねぇとな」

「誰が迷子になるか」と思わず狸八は言い、

「気晴らしがいるほど働いてますか？」と、金魚は訝しんだ。

「うるせぇな、そのあとで大道具方の様子も見に行きゃいいだろ」

本来の目的はそちらのようだ。

「銀、狸八、どの程度の大雨になりそうか、わかったら教えとくれ」

「うちにも頼むぜ」

春鳴と宗吉が口々に言って送り出す。

「あいよ」

「わかりました」

「お二人とも、あまり遅くならないようにお願いしますね。冷めたお茶を、そのたびに何度も淹れ直すのはあっしなんですから」

忠義者の金魚といえど、困ることのないわけではないらしい。狸八は、はいよと笑って返した。

ここへ来てから、町へ出るのは二日に一度程度、それも大概は松鶴の使いっ走りだ。やれ煙草が切れただの、酒はどうしただのと、そのたびに狸八は丁稚のように駆け回っている。生家の近くでなくてよかったと思う。

浅草の菓子屋、千里屋へも何度か行った。ああ、また新入りかいと、石川松鶴の名を出しただけで、店の者はすぐにわかってくれた。ただ、また、というのが気になり尋ねると、なんでも松鶴の無茶に振り回されて、逃げ出す者が少なくないのだという。その気持ちもわからないではなかった。

千里屋で羊羹を買っている間、銀之丞は隣の小間物屋を覗いたり、道行く娘たちに声をかけたりしていた。狸八が買い物を終えて店を出ても、娘の一人と話が弾んでいる。

「おい、銀、帰るぞ」

呼んでみても、こちらに背を向けたまま、膝を曲げ腕を広げ、大袈裟に首を回している。あれは助六ではないだろうか。なんとなく、傘を持った仕草に見える。さては役者だと言って娘の気を引いたのだろう。困ったものだ。

せめて終わるまで待ってやるかと辺りをぶらぶらと歩いていると、ふと、水の音が聞こえた。川かお堀か。この辺りに流れているのは何だったか。お堀ならばこんなに流れる音はしないだろう。

川だろうと目星をつけて、狸八は音のする方へと店の角を曲がる。が、そこには細い路地が先まで続いているだけだった。

はて。狸八は路地を進み、前を横切る道と当たったところで左右を見るが、どちらにも、川も橋も見えない。

おかしいな、と狸八は独りごちる。

水音は絶え間なく聞こえている。ざあざあと、雨のように聞こえている。だが、水の姿はどこにも見えない。

耳を澄まし、少しでも音の大きく聞こえる方へと何度か角を曲がると、やがて柳の木が見えた。その下は川だ。舟が杭に繋い(つな)である。上流に目をやり、見たことのある橋と家々との並びで、自分がいつの間にか遠くまで来ていたことに気付く。

神田川(かんだがわ)だ。

「おうい、迷子の狸八、たぬ八、どこだぁ」

間延びした声が追ってきた。

「銀、迷子でもたぬ八でもないぞ」

「いや迷子だっただろうが」

銀之丞は息を切らしていた。

「さっきの娘はどうしたんだ」

尋ねると、銀之丞は気の抜けた顔で、頭を掻いて笑った。

「へたくそって」

「うわあ」と、思わず声が出る。

「役者だって、信じてもらえなかった」

「そ、そりゃあ」

「見る目がねぇよな、まったくよ」

強がりか本当に気にしていないのか、銀之丞はからりと笑うと、水面を覗き込んで髷と襟の乱れを直した。

「おめぇ、ここで何してんだ？　さては羊羹が飛び込んだか。先生に食われるの嫌だもんな」

「銀、聞いてくれるか」

「ん?」

「思いついた」

「何を?」

「大雨を降らす手立て、だ」

銀之丞はきょとんとし、川と狸八の顔とを、何度も見比べていた。

二、雨音の春

鳴神座へ戻り、羊羹を金魚に預けると、狸八は梯子(はしご)を駆け上がった。飛び込んだのは、先ほど春鳴たちがいた部屋の隣、小道具方の仕事場だ。太刀や鎧、薙刀、屋敷に飾る花や掛け軸といったものがずらりと並び、五日後の初日に向けた手入れと手直しが行われていた。

小道具方は芝居を飾り、狂言の世界に作者の望む色を付けるのが役目だ。そのため芝居の本筋に関わる物だけでなく、一見本筋とは関わりのない物にまで気を配る。頼朝の陣屋に飾られる掛け軸などがそうだ。雨夜の仇討ちの場に頼朝は登場しないが、床の間には、頼朝の詠(よ)んだ「道すがら富士の煙もわかざりき晴るるまもなき空のけしきに」という歌の軸が掛けられている。

頼朝が自分の詠んだ歌を自室に飾るだろうか、と考えるとおかしな気もするが、要はこの部屋の主人が誰かわかればいいのだ。それに、薄暗い舞台上の掛け軸の文字を読めるのは、よほど前の席に座った客だけだ。端からすべての客に知らせようとは思っていない。ちょっとした遊び心のようなものらしい。

「おう、大根役者と使いっ走りが何の用だ」

小道具方の雷三が、半分に割れた朱の盃を塗り直しながら訊いた。十人ほどの弟子を持ち、小道具方を取り仕切る立場だが、気さくな男だ。鳴神喜代蔵とは歳も近く、古くからの友人だという。

雷三が塗っているのは、佐吉の演じる曾我五郎が、舞台に叩きつけて二つに割った盃だ。割れた口を見るに、元から半分に切った盃を、糊で貼り合わせているらしい。どうりできれいに真っ二つになるわけだ。

「ん？　どうした、これか？」

思わずじっと手元を見ていると、雷三が目を上げた。

「床に叩きつけるたんびに傷ができるからな、やすりをかけて塗り直すのさ」

「艶が」

「いいだろう。漆じゃねぇんだがな。これぐらい艶がありゃあ、薄暗くったって、ぴかっと光って何かわかるだろ？」

狸八がすべて言う前に己で引き取って、雷三は得意気に言った。

「で、何だ？」

「雨の音を出せるものはありませんか」

尋ねて、狸八は部屋を見渡す。次の芝居では出番のない、板に銀箔(ぎんぱく)を貼って作った平らな月や、木彫りの生首、赤い唐傘などが、部屋の隅にまとめて置かれている。その他にも、使い道のわからない道具がいっぱいだ。

「雨？　松鶴先生が言ってたあれか？」

「はい」

「音でどうにかする気なのか？」と、銀之丞が首を傾げた。

「あるにはあるけどな」

そう言うと、雷三は億劫(おっくう)そうに、太刀の手入れをしている男たちの方へと顔を向けた。

「おい、鶴吉(つるきち)」

「へえ」と、応えて年若い男が立ち上がる。まだ十五、六か、目の小さい素朴な顔をしている。

「雨音を出してぇそうだ。あれ、見せてやれ」

雷三が顎でしゃくった方向を見て、鶴吉はまた、へえ、と頷いた。

「お二人さん、どうぞこちらへ」

鼠小僧のように腰を屈めて、鶴吉は部屋の隅へと二人を連れて行った。

そこにあったのは、舟の舳先と艫とを切り取ったかのような形に曲げた板を、斜めにして土台に立てかけ、固定した道具だった。舟の底が坂を作っている。

「これは『雨樋』というものです」

「雨樋」

「ここに小豆を転がすんです。転がすというより、流すと言った方がいいかもしれませんが」

鶴吉が小豆を数粒、坂の上から転がした。曲げた板で作った坂の下には木箱が取り付けられており、その箱にはつるりとした手触りの紙が、ぴんと張られている。小豆の粒がその紙に落ちると、てん、と音を立てて弾んだ。

「ははあ、なるほど」

狸八は唸る。小豆が続けて、てん、てん、てん、と弾む音が繰り返される。木箱の縁は、箱と同じ寸法の木枠で高く囲んであり、弾んだ小豆が外に飛び出さないように工夫されていた。木枠に当たった小豆が落ち、また二度、三度と紙に弾んで音を重ねる。

「これが雨か」

「ええ」

「これなら俺だって知ってるぜ」と、銀之丞が言う。

「けどこれは、芝居の最中には使わないんだ。な？」

「ええ、台詞の邪魔になりやすから」

　鶴吉が頷く。

「うちでは芝居の初めと終わりにだけ降らすことが多いんです。役者が出てきたら引っ込めて、最後の台詞を言い終わったらまた降らすんです」

「なるほどなぁ」

　そう言いながら、狸八は自分も小豆をつまんで雨樋に転がしてみる。てん、てん、という雨音は軽く、続けて転がしてみても、てんてんてんとその音が長く続くだけだ。

「強い雨のときはどうしてるんだ？」

　そう尋ねると、鶴吉はちらりと雷三と目配せし、壁の棚から何やらずしりと重そうな巾着（きんちゃく）を持ってきた。鶴吉はそれに手を突っ込む。

「これを使うんです」

開いた手の平には、小豆よりも小さな鈍い色の粒がたんまりと載っていた。

「鉛（なまり）です」

鉛、と狸八と銀之丞は声を揃える。鶴吉が先ほどと同じように、坂の上から数粒落とす。小豆よりも速く転がった粒は、紙に弾む際、強く重い音を立てた。一粒一粒がずんと響く。太鼓のようだ。

「狸八、これが手立てか」

銀之丞が木箱に屈み、鉛の粒を拾い上げて笑った。

「なるほど、これなら水をそんなに降らせなくても、大雨になるなあ」

「それは無理ですよ」

鶴吉が険しい顔で首を振る。

「なんでだ？」

「鉛の音はよく響きますからね。そんなにたくさんは使えませんよ。雨樋は舞台下手の幕だまりで使うんです。うるさくなっちまったら、役者に叱られますよ。小豆と一緒でさぁ。役者が登場したらやめなきゃならない。でも先生は、芝居の間も降らせろとおっしゃってるんでしょう？」

そうだ、台詞が聞こえなくなってしまうのでは意味がない。これでは振り出しだ。三人、ほとんど同時に腕を組んだ。

「いいと思ったんだけどな」

狸八は呟く。やはり新参者の知恵など、たかが知れているのだろうか。はは、と背後で雷三が笑った。

「おめぇが思いつく程度のこたぁ、俺たちだって思いつくよ」

その言葉がぐさりと刺さり、ごまかすように苦笑して振り返る。

「そうですよね……いや、手間をかけさせて申し訳ない」

しかし雷三は、手元の盃に目を落としたまま、にやりと笑った。

「なに、そうだ音だと思いついて、その日のうちにここへ来るってのは、悪かぁねぇ。なあ、鶴吉」

「へえ。だってほかの人は誰も来やしませんからね」

狸八は銀之丞と顔を見合わせた。

「誰も？」

「大道具方もか？」

銀之丞の問いに、鶴吉が頷く。

「へえ」

「源治郎なら、今頃大雨を拵えるのに忙しいだろう。あいつはまじめだからな。本物の雨を降らせろと言われたら、本物の雨を降らせることしか頭にねぇのさ。こういう小細工を思いつく男じゃねぇんだ」

雷三は盃の切り口に、ねっとりとした白い糊をちょんちょんと付けると、切り口を合わせ、ぐっと力を込めた。一つの盃になったそれを、窓の側へ行って日に透かす。切れ目からうっすらと光の差すのを見て、満足したのか雷三は頷いた。光も通さないほどぴたりとくっついてしまえば、舞台上でうまく割れないのだろう。

「行ってみな、あいつらがどうやって雨を降らせようとしてるのか、見てくるといい」

雷三の言葉に送り出され、小道具方の仕事場をあとにすると、二人は一階の道具置き場を通り、本舞台の端へと出た。途端に天井が高くなる。戯場の見物席は一階だが、天井は三階の高さにある。見上げると大屋根の裏の梁がよく見えた。興行が始まると、ここに役者ごとの紋の入った提灯を吊るすのだ。

総ざらいのときには薄暗かったが、今は東と西の桟敷の上の窓がすべて開け放たれて、小屋の中とは思えないほど明るかった。東西の桟敷は二階建てになっており、窓があるのは上桟敷のさらに上だ。平土間に座ると頭のてっぺんの高さに花道や舞台が来るのだが、桟敷席はそれよりも一段高くなっている。一階の桟敷と二階の桟敷は、小屋の奥の一階や中二階よりもやや高い位置にある。窓があるのは奥の二階の天井辺りの高さで、そのすぐ上には屋根があるので、天井は屋根裏のように斜めになっている。

窓は四角くくりぬいた壁の穴に板をあてがい、開けるときには板を持ち上げてつっかえ棒で止める突き出し窓だ。それが東西に八つずつある。南の向こう桟敷の上にもあるのだが、興行のときには外から絵看板で蓋をされてしまう。南は表通りに面しているのだ。

空っぽの見物席には、ばらした陣屋や、背景の描かれた板がいくつも広げられ、それぞれ大道具方の職人が入念に確認をしている。屋根や草木の色を塗り直しているのも大道具方の絵師だ。花道の上で手直しをされている陣屋の庭の石灯籠は、裏側を見ると、絵の描かれた板を棒で支えているだけだとわかった。切り出し、と呼ばれるものらしい。薄暗いからだろうか、舞台に置いてあると奥行きがあるように見えるから不思議だ。

そして本舞台では今まさに、新しい雨の仕掛けを試そうとしているところだった。

「よし、亀吉ィ、流せぇ！」

「へえ！」

下手側の梁の上から、亀吉が水を流す。総ざらいのときと同じように左手から降り出した雨は、しかし、前よりも一つ一つの水の筋が細く、数も多かった。如雨露のようだ。

「穴を増やしたんですか」

見上げて銀之丞が言うと、源治郎が振り向いた。

「おお、銀か。ちょうどいい。役者から見てどうだ？」

「よさそうですけどね。どれ」

銀之丞は濡れないように、舞台の端から上って舞台の真ん中へと進む。細い水が御簾のように流れる向こうに、銀之丞の姿が見えた。

「我こそはァ、河津三郎の子、曾我十郎祐成ィ」

曾我十郎の台詞を、銀之丞はその気になって口にするが、源治郎はからからと笑った。

「まだまだだなぁ、銀」

「今のは本意気じゃあねぇよ。それより親方、ちゃんと聞こえたか？」

「ああ、聞こえた。へたくそな台詞が丸聞こえだ」

「ちくしょう。狸八はどうだ？」

鼻にぐっとしわを寄せたまま訊いてくる。源治郎が振り返る。初めて狸八に気付いたらしい。

「聞こえた、けど」

「なんだ？　おめぇまでへたくそってか？」

狸八は気まずそうに源治郎に目をやってから言う。

「いや、その、先生が納得するかどうか」

「そうなんだよなぁ」と、源治郎は気を悪くした様子もなく頭を掻いた。

「先生が、雨のことを小便みてぇだと言ったろう」

「へえ、そんなことを」

戻ってきた銀之丞が言う。狸八は松鶴のその呟きを隣で聞いていた。

「雨粒みてぇな切れ目がねえってことか？」

「ああ。雨の出る穴の数は増やしたが、これもつまるところは小便と同じだから
な。雨に見えるかどうか。これ以上水や穴を増やせば、舞台まで水が跳ねるし

な」

「衣裳方と床山は、それも承知と言ってたぜ」

銀之丞の言葉にありがたいと言いつつ、源治郎は気の進まない様子でうんと唸り、雨の注ぎ込む、舞台前の溝にしゃがみ込む。

「びちびち言ってるだけだからなぁ。先生の言うことももっともだ。こりゃあ、雨の音じゃねぇや」

銀之丞がぱっと顔を上げて狸八を見た。狸八は神妙に頷く。

「あの、源治郎さん」

おずおずと話しかけると、源治郎が顔を上げた。

「小道具方が、雨の音を出す仕掛けを持ってるんです」

ああ、と頷いて、源治郎は立ち上がる。片方の眉を跳ね上げて言う。

「それくれぇ知ってるよ。小豆ィ、転がすやつだろう。雨樋っつったか」

「鉛の玉を転がせば、もっと強い雨の音が出せるんです」

「あれはな新入り、芝居の頭とケツにだけ鳴らすやつさ」

「それを、芝居の間もどうにかうまく鳴らせないでしょうか」

「芝居の間って」

呆れたように、源治郎は一日言葉を切った。

「それができりゃあいいけどよ。幕だまりじゃあ、うるせえだろう?」

源治郎は親指で、舞台奥の幕だまりを指す。本来は衝立を置き、その奥に囃子方や浄瑠璃方の太夫が座るのだ。そこにあの仕掛けを置けば、太夫の声まで聞こえなくなってしまう。

どこか、どこかないだろうか。音を出すことはできるのだ。あれをうまく使えば、この雨を、大雨らしく見せることもできるはずだ。

狸八はぐるりと見回した。見物席は升に区切られてそんな場所はないし、花道を使うわけにもいかない。それでは客に近すぎて、役者の声が聞き取れなくなる。どこかいい場所はないだろうか。

ふと、切り出しのすすきが、橙色に輝いているのが目に留まった。日が伸びてきた時分、夕暮れも長くなってきた。狸八は目を上げる。西の窓から、色付いた光が差し込んでいる。

「銀!　あそこはどうだ?」

二階の桟敷の上を指す。

「あそこって、窓のとこか?」

「ああ！　東西の桟敷の上に、雨樋を置いたらどうだ？」

顔を見合わせる銀之丞と源治郎に、狸八はさらに続ける。

「あそこなら、客には上から音が聞こえるし、芝居の台詞の邪魔にもならないんじゃないでしょうか」

銀之丞が口をすぼめ、ぽんと手を打った。

「なるほど。親方、どうです？」

「どうと言われてもな」

「やってみる値打ちはあるんじゃねぇかな」

源治郎は渋い顔をしていたが、ぽたぽたと滴の垂れる仕掛けを見上げ、観念したように承諾した。

狸八と銀之丞は急いで中二階の小道具方の部屋へと戻ると、鶴吉にも手伝ってもらい、「雨樋」を担いで梯子を下りた。戯場へ運び込むと、舞台から一番遠い端にある梯子を伝い、舟の形の板と土台、紙の張られた木箱とを分けて、三階にあたる西の窓のところまで運び上げた。骨の折れる仕事で、すべてを運び上げ、上で組み直したときには三人とも汗だくだった。

「よし、転がしてみよう」

おうよ、と応える銀之丞は、声だけ威勢のいいものの、窓の下の板敷にへばって風に当たっている。灯火のようにわずかな光だけが西の遠くの空に残り、風には夜の匂いがしていた。大道具方はまだ仕事を続けていて、戯場の中にはぽつぽつと蠟燭（ろうそく）の明かりが見える。

狸八は鶴吉から受け取った巾着から、ざらりと鉛の粒をすくい、ゆっくりと転がした。

だん、だん、だんだん。舞台上で雨の仕掛けをいじっていた源治郎と亀吉がこちらを仰ぎ見た。狸八は続けて鉛を転がす。紙に重く弾む音は重なり、だだだだ、と降りしきる雨に似た音が出た。

狸八は「どうだ？」と、寝転がったまま端の手摺（てす）りまで這っていき、下を覗き込む銀之丞に尋ねる。

「舞台まで聞こえたみてぇだ」

「そのようで」

鶴吉も頷いた。

「これを、使えないだろうか」

「おうい」と、そのとき下から誰かが呼んだ。見ると、源治郎だ。いつの間にか、雨樋の真下まで来ていた。

「銀、鶴吉、窓を閉めな。芝居の最中と同じにな！」

「あ、あいよ！」

慌てて起き上がった銀之丞と、鶴吉が手分けして窓を閉めて回る。その間に、狸八は木箱に溜まった鉛の玉を拾い集めた。鉛の数には限りがある。芝居の間も、時折こうして集めなければならないだろう。

西の八つある窓のうち、舞台に近い四つの窓はつっかい棒を調節して開きを半分程度にし、あとの窓はぴったりと閉めた。向かいの東の桟敷も、大道具方の若い衆が上り、同じように閉めた。

「先生んとこの、おめぇ、もういっぺんやってみな」

「は、はい」

見物席中で仕事をしていた職人たちが、何事かと見上げている。急に薄暗くなり、手元もよく見えないのだろう。駆け寄ろうとした何人かを、源治郎は手で制した。

「こっちじゃねぇ。おめぇらはもっと散らばんな。前と後ろと。そんで、どう聞こえたか言え。いいな」

源治郎が手を挙げて合図する。しんと静まり返った戯場に、鉛の触れ合う微かな音がする。狸八は雨樋の上で手を放す。ころころと転がる鉛の粒は、じきに大雨となって木箱に、戯場に降り注いだ。窓を閉めたことで、先ほどよりも大粒の、叩きつけるような雨となる。

おお、と声が上がった。最後の鉛が重く弾み、雨が止むやいなや、源治郎が声を上げる。

「吾助！　聞こえたか！」

「へえ！　聞こえやした！」と、前方の平土間にいた、ねじり鉢巻きの男が答える。舞台正面の升に区切られた席だ。

「佐平次は！」

「俺も聞こえやした。こんなに遠いのに、上から降ってくるようだった」

向かいの東の桟敷から声が上がる。

「貫太！」

「うるせぇくらいでしたよ」

「おう、それでいい」

平土間後方の向こう桟敷は、もともと台詞はほとんど聞こえない。その分安い席だからそういうものだ。だが、と貫太と呼ばれた男は首を傾げる。

「音の出どころがそことは思えませんでしたよ。俺には右から聞こえてきたように思えた」

窓を閉めたから響いたんだなと、銀之丞が小声で言った。

「亀吉は！」

源治郎が声を張り上げると、梁から舞台に降りてきた亀吉が答えた。

「ここまで聞こえやした！」

「どうだ、芝居の邪魔になりそうか」

そうだ、それが重要だ。狸八はごくりと唾を飲み込む。亀吉は、いいえ、と首を横に振った。

「途中から、俺は声を出してみたんですよ。腹からぐっと、なるべくでかく。そうしたら、自分の声の方が勝りましたから、十郎さんたちなら尚更気にならねぇでしょうよ」

「俺にも亀吉の声は聞こえましたよ」と、前方の平土間で吾助が言った。真ん中辺りにいた職人が、俺も俺もと数人声を上げる。

「こいつ、佐吉さんのまねをしてやがった」

職人たちが声を揃えて笑った。源治郎が見上げる。

「狸八っつったな。いいじゃねぇか」

名前を呼ばれたことにどきりとして、狸八は思わず銀之丞を見る。銀之丞は、にっと笑って頷いた。

「だがな、おそらく東の桟敷で聞こえる音は小せぇ。鶴吉」

「へえ」

「雨樋はもう一つあるか？」

鶴吉が頷く。

「蔵にあります。埃被ってるでしょうが、使えるように手入れしまさぁ。五日もあれば十分だ」

「ばかやろう、五日じゃ初日になっちまうだろうが。二日だ。まずは松鶴先生に聞かして、お許しをもらわなきゃならねぇ」

それが一番の難題に思える。

「大丈夫でしょうか」

手摺りから身を乗り出して狸八が尋ねると、源治郎は舞台の方を向いて言った。

「さあな。そいつはわからねぇ」

「そんな」

狸八はうなだれたが、源治郎は気にも留めていなかった。ただ舞台の上の仕掛けを見つめ、ぽつりと言った。

「だが、これでようやく、大雨が降る」


二日の間に小道具方は、蔵から出した古い「雨樋」を、寝る間も惜しんで手入れした。幸い、舟形の板や木箱が無事だったため、大きな直しは必要なく、全体を丁寧に磨き、紙を張り替える程度で済んだらしい。

その間、もう一つの雨樋を使い、狸八たちは音に強弱をつける稽古をした。いくら芝居の間中大雨を降らせ続けるためとはいえ、雨樋二つでは、真ん中の席でも役者の台詞が聞こえなくなってしまうかもしれない。すぐ足元の東西の席の桟敷なら尚更だ。雨音ばかりで台詞が聞こえないとなれば、ここはいい席だ、評判に関わる。

そこで、鉛の玉の量を工夫することにした。役者や太夫が喋り始めるときを見計らい、転がす鉛の玉を減らして雨音を弱めるのだ。そのため、正本を読み込んでいる役者にも、上桟敷の天井へ上がってもらうことにした。

西の桟敷の天井には狸八と銀之丞が、東の桟敷の天井には金魚と、前の場で出番を終えた紅谷朱雀が、それぞれ組になって上がることとなった。朱雀は女形も兼ねている若い役者で、なんでも梅之助に、おもしろそうだから行っておいでと言われたらしい。

小さな笊に入れた鉛を転がして音を立てるのは銀之丞と朱雀で、もう一つの笊を持ち、木箱から鉛を拾い集め、転がし手の笊が空になるところで鉛の入った笊と取り換えるのが狸八と金魚の役目だ。

窓番の邪魔にならないことも重要だ。窓番は話の進み具合を見て、日の光をどれくらい戯場に入れるか決める。日にちが進めばその分日も長くなるから、日によってどの窓をどれだけ開けるかが変わってくるのだ。

狭い桟敷の天井で、狸八たちは雨樋にぴたりと身を寄せながら、ただひたすらに雨音を出す稽古をした。

初日まであと二日と迫った日、大道具方と狸八たちは松鶴を呼んで稽古の成果を披露した。松鶴は初め、口をへの字に結んだまま、大道具方の降らせた細い雨を見、雨樋の音を聞いていたが、それが台詞に合わせて強弱のつくことに気付くと、大層満足げに笑った。

「よく考えたもんだ」と、松鶴が大口を開けて笑うところを、狸八は初めて見た。

「おめぇらにも使える頭があるんじゃねぇか。誰の策だ」

銀之丞が狸八を指差した。

「ほう。拾いもんだったかもしれねぇな」

それが褒め言葉とは気付かず、狸八がむずむずと照れ笑いを浮かべたときには、松鶴はすでに源治郎と別の話をしていた。春鳴と宗吉にも礼を言われ、狸八もその日ばかりは得意気だった。

斯くして、初日の朝が来た。裸だった櫓には、「なるかみ十ろう、きゃうげんづくし」と書かれた幕と、あの三つ雲巴の紋が描かれた幕とが張られた。その下には、役者たちがそれぞれの役に扮している色鮮やかな絵の描かれた看板が並べられる。

表通りに面した木戸が開けられ、普段は掃除や雑用をしている者たちが木戸番となり、客の一人一人に、どこの茶屋で手配したのかを改めている。こうした客は、朝から一日かけて見物する者たちだ。その場で銭を払い、一幕いくらで見る客には、木札や紙札が手渡される。茶屋を通して見るには二人で一両かかるが、一幕だけなら手頃だ。だが、はたして一幕だけで気が済むのだろうかと、狸八としては不思議でならない。

朝一番は、三番叟（さんばそう）だ。若い千歳を鳴神佐吉が、翁を鳴神喜代蔵が演じ、五穀豊穣を祈って舞う。この二人はどちらも神を表す。最後に奇怪な面をつけた三番叟という男が登場し、舞は完成する。三番叟を演じるのは、雲居長三郎（ちょうざぶろう）という、かつて中村座にいたと噂される謎多き初老の役者である。三番叟には似合っているのかもしれない。

それが終わると幕が閉じて、次は「雨夜曾我盃」の第一幕が始まる。こちらは朝早いこともあり、稲荷町の若い役者たちだけで演じている。二階に楽屋を持つような役者が登場するのは昼過ぎで、それまでは曾我兄弟も工藤祐経も無名の役者たちだ。銀之丞の出番は三幕目、五郎が北条時政（ほうじょうときまさ）の元で元服の式を挙げる場で、北条家の家人の一人として舞台の端に座っていた。

狸八は朝からずっと、西の桟敷の天井にいた。まだしばらく間はあるが、気になってほかのことが手につかないのだ。ばたばたと忙しい裏にいても、狸八にできることもない。

客は朝にはまばらだったものの、昼には大入りとなった。平土間の升の席には人がぎゅうぎゅうに詰まって、なんなら溢れている升さえある。

みな、楽しみな芝居があり、贔屓の役や役者がいる。よく聞こえてくるのは、鳴神十郎と佐吉、それから白河梅之助の名だ。父親の右近の名も聞こえる。

こんなにも楽しみにしている人たちがいるのに、もしもしくじったらどうしよう。そう思うと汗が噴き出て止まらなかった。

「心配いりませんて。音を鳴らすのは銀でしょう？」

邪魔にならないようにと、膝を抱えて縮こまる狸八を見かねて、窓番が声をかけてくれた。

「銀は度胸だけはありますからね。しくじりゃしませんよ」

目が細く頬の丸い、恵比寿様のような顔をした男だ。名は弥彦といった。

「そうでしょうか」

「ええ。任せておけばいい」

弥彦は励ますように笑うと、幕が端まで閉じられたのを見て、窓をすべて開けていく。戯場に光が入り、辺りが明るくなった。このあとはしばし時を空けて、宴の場だ。客は今のうちに昼飯を食おうと外へ出る。桟敷席を買った者には、茶屋の者が食事を運んで来るし、このときとばかりに弁当売りも現れる。下は大層にぎやかだ。

「あっしらも今のうちですよ」

そう言うと、弥彦はあぐらを掻いて握り飯を頬張る。親切な弥彦は、狸八にも一つくれた。塩と黒胡麻の握り飯は好物なのだが、うまいとは思えなかった。塩の味ばかりが口に残り、やたらと喉が渇く。

やがて、五幕目、宴の場の始まる時刻となった。客は各々の席に戻り、今か今かと始まりを待っている。拍子木がチョンチョンと鳴らされ、幕が開くと、舞台は豪華な館の広間へと変わっていた。一段高いところに紅谷八郎演じる将軍源頼朝がいる。北条家を筆頭に御家人たちの並ぶ中、末席には曾我兄弟の顔も見える。

この宴は富士の裾野で行われた大掛かりな狩り、いわゆる富士の巻狩りの夜に催された、将軍源頼朝を中心とした宴だ。ここで曾我兄弟は工藤祐経と再会し、今こそ仇討ちのときと心を決める。いよいよこのあとが仇討ちの場だ。紅谷朱雀は頼朝の息子、頼家を演じており、この場の終わりに衣裳を脱いで駆けつけることになっている。

宴が進むと、頼朝の傍についていた遊女が、広間の真ん中へと進み出る。鼓に合わせて唄が歌われ、藤の枝を持った遊女が艶やかに舞う。遊女役は言わずと知れた立女形、白河梅之助だ。

目を奪われるとはこのことだろうか。古い時代を描いているがゆえに、今の花魁(おいらん)に比べれば、衣裳は質素だ。赤い襦袢(じゅばん)に若竹色と淡い藤色の着物とを重ね、帯もかんざしも別段派手なものではない。だが、それがかえって梅之助の妖艶さを一層引き立てていた。すべらかな白い肌に、目の下から目尻へと引いた紅と、それよりも赤い唇とが、強い光を見たあとのように目の奥に残る。

これが立女形というものか。これが白河梅之助か。

狸八は息を呑んで見つめていた。梅之助の贔屓の客は、女が多いという。それもわかる気がした。女だからこそよりわかる、女形ゆえの美しさというものがあるのだろう。

「兄さん、きれいだな」

いつの間にか、銀之丞が横にいた。

「いい席だな」と、弥彦を見てにやりと笑う。

「見惚れたらしまいでさあ。閉め忘れたら、大目玉じゃすみませんよ」

弥彦が苦笑を浮かべて囁いた。

梅之助が下手へ退場し、拍子木が鳴り、幕が閉じられた。客の歓声とため息が入り混じり、やがてそれはざわめきへと変わる。口々に、梅之助の美しさを語っている。物語の主役は曾我兄弟でも、この場の主役は梅之助だったようだ。

梅之助への賛辞をひとしきり語り終え、客ははたと気付く。肝心の仇討ちが果たされていないではないか。みな首を傾げ、口々に、どういうことだと言っている。

「あんまりいろんな仇討ちがあるから、わからなくなってるんですねぇ。その分、驚かせてやりましょう」

弥彦の言葉に、狸八は深く息を吸い、吐く。

いよいよ大詰だ。幕の向こうでは、背景が取り替えられ、大掛かりな陣屋が建てられ、石灯籠や庭木が運び込まれているのだろう。そして天井の梁には亀吉が登り、雨を降らす支度をしている。客の声に交じり、幕の向こうを大勢の職人が行き交う音が微かに聞こえる。黒、紺、柿渋の、三色の幕が揺れている。

東の上桟敷の天井に目を凝らすと、窓番のほかに人影があった。金魚と紅谷朱雀だ。朱雀は化粧はそのままに、鬘を取り、目立たぬよう頭巾を被っている。雨樋を挟み、もう位置についている。

狸八はもう一度深く息をした。人いきれと食い物の匂いに混じって、小屋の中二階の匂いがした。白粉だ。ふわりと漂うのは、梅之助の残り香だろうか。こんなところまで届くものなのか。

幕の揺れが収まった。弥彦と東の窓番が、音もなく窓を閉じていく。舞台に近い窓からは、傾き始めた日が、わずかに前方に差し込む。

銀之丞が雨樋の後方に、鉛の粒の入った笊を持って立った。暗がりでもわかる。見たことのない、真剣な目をしている。狸八は空の笊を持ち、舞台を背に木箱を向いて膝を曲げた。

澄んだ拍子木の音がチョンチョンと鳴る。気合いの入り方が違うのを、その音で知る。幕引きが走り、布の擦れる音とともに幕が開いた。工藤祐経が陣屋で床に就いている様子が目に浮かぶ。三味線の音色に合わせ、太夫が歌う。

斯くて曾我の兄弟は　憎き仇へと辿り着く
この日のために十数年
この夜のために十数年

　五郎は顔さえ知らぬ父　憎さは計り知れぬもの

長い道のりは、もうすぐ実を結ぼうとしている。曾我兄弟が寝所の外の廊下に、上手側から現れた。まだ雨は降らない。

曾我十郎が寝ている祐経の枕を蹴り飛ばし、名乗りを上げる。

「我こそはァ、河津三郎の子、曾我十郎ゥ祐成ィィ」

「同ァじくゥ、曾我五郎時致ェ」

いつかの銀之丞とは比べ物にならない迫力で、狸八の背中がびりびりと震えた。このあとの、十郎の台詞を合図に雨が降り始める。

銀之丞が狸八を見た。行くぞ、と口が動く。狸八も頷いた。

「父の仇、覚悟せよォ！」

銀之丞の手が動く。時を同じくして、舞台上では本物の雨が降る。鉛の粒は雨樋を転がり、紙の上に弾む。叩きつけるような重い雨音がいっぺんに、西と東の空から小屋中に響き渡った。

客が天井を見上げているのが目の端に映る。戯場の端は真っ暗だ。客には音の出どころがわからないだろう。雨から庇うように、手を頭の上にやっている客もいるようだ。

舞台を見ながら鉛の粒を転がしていた銀之丞が、手の動きを緩やかにする。五郎が声を上げ、工藤祐経に斬りかかったのだ。芝居の邪魔にならないよう、この先は雨音をやや控える。東の桟敷でも、紅谷朱雀が舞台に目を凝らしているはずだ。

祐経の悲鳴が響く。台詞がはっきりと聞こえる。祐経が庭へと転がり出てのたうち回る間、雨音はまた強くなる。そこをさらに十郎が追いかけ、背後から斬りつける。囃子方の音も邪魔しないよう、銀之丞と朱雀は鉛の粒を低いところから転がし、勢いを弱める。

このあとの、武者が総出の大立ち回りの場面では、より強い雨が要る。狸八はなるべく音を立てないよう、木箱に溜まった鉛の粒を笊に集めた。それを銀之丞に渡そうと顔を上げると、すぐ横に弥彦が来て言った。

「ご覧なさい。みんな夢中だ」

笊を持ち上げたまま横目に見下ろすと、みな舞台に釘付けだった。雨の音しか耳に入らぬことで、客は十郎と五郎とともに、あの仇討ちの夜の中へと入ったのだ。みな、同じ夜の中で息をしている。

銀之丞が笊を取り、軽くなった笊を渡してくる。一瞬止んだ雨の中、十郎の声が高らかに響き渡る。

「工藤祐経、あァ、討ち取ったりィィ！」

響き渡った声が暗闇に溶ける頃、タァン、と高い音がこだました。五郎が懐から出した盃を叩き割ったのだ。あの朱の色が、艶やかに舞台に散った。

鳴神岩四郎演じる仁田四郎忠常を筆頭に、鎧武者たちが次々と舞台に現れる。甲冑の立てる音を掻き消すように、忠常が叫ぶ。

「おのれ不届き者め、ええい、討ち取れェェ！」

斬り合いが始まると同時に、雨音は今日一番の強さとなる。土を掘り返すような雨だ。狸八は必死に木箱に次々と降ってくる鉛の粒を拾い集めた。鉛同士がぶつかると、雨とは違う音が出てしまう。笊に鉛が溜まると、すぐに銀之丞の笊と取り換えた。ひとしきり降った雨が、ふいに静まり、三味線の音色が届く。ああ、十郎が斬られたのだ。太夫が悲しげに十郎の最期を歌い上げる。

斯くて命の尽きるとき　思い浮かぶは母の顔
最後に見たは弟の　体に舞いける蝶の群れ

　そして五郎もまた、将軍頼朝の陣屋へ足を踏み入れてしまったがために、御所五郎丸に捕らえられる。朱鷺色の、女物の着物を纏った御所五郎丸は、妖しく力強く、五郎をけして離さない。

「逃げられると、思うたか！」

　雨の向こう、やがて五郎の体には縄がかけられる。

「我ら兄弟に悔いはなし！　兄上、じきに五郎も、あァ、参ィりますウゥゥ」

五郎の凜（りん）とした、しかし悲痛な声は、小屋中によく響いた。そして五郎の心を汲むように、名残を惜しむように、拍子木がゆっくりと打たれる。見物客からの歓声が送られる中、幕引きが、潔く走り抜けて芝居を閉じた。

　客は気付いただろうか。いつの間にか、雨が止んでいることに。

　狸八は長く息を吐いて、額を拭った。疲れた。体が強ばって、すぐには動けなかった。階下では、客が口々に芝居を褒めたたえながら、帰り支度をしている。その足元が危なくないようにと、東西の窓が次々に開けられていく。

西日の眩（まぶ）しさに、狸八は目をすがめた。鉛の粒が、木箱の紙の上で、笊の中で、きらきらと光っていた。

「おうい」と、銀之丞が東に向かって大きく手を振っている。見ると、金魚と朱雀がこちらに向かって手を挙げていた。東の窓番も合わせて三人とも、満面の笑みを浮かべている。朱雀の口が何か動いた。

「上出来だってさ」

銀之丞がこちらを見て笑う。

「どうした狸八、変な顔してんぞ」

「いや」

「ん?」

「腰が、抜けて」

ばかみたいに声を上げ、銀之丞が笑った。膝を折って傍へ屈む。

「必死だったもんなぁ。俺も死ぬ気でやったよ。しくじっちゃあならねぇって」

「ああ。でもさ、銀」

今になって震え始めた唇を、狸八は必死に動かした。

「楽しかった」

銀之丞が、ゆっくりと目を細めた。

「そうか」

「俺は、こんなに楽しかったのは、初めてだ」

狸八は本番の芝居を見ていない。ずっと背を向けて、鉛の粒を拾っていた。なのに、役者たちがどんな顔をしてどんな芝居をしていたか、手に取るようにわかった。十郎と五郎の気高さも悲しみも、工藤祐経の哀れさも、仁田四郎忠常と御所五郎丸の熟練の武者の勇ましさも、みなわかった。太夫と囃子方の思いも、裏方たちの気の張りようも、そして狸八も、その中の一人だということも。

銀之丞がうれしそうに、歯を見せて笑った。

「だから言ったろう」

いいぞ鳴神座は。楽しいぞ、芝居小屋は。こんなに楽しい場所は、この世のどこにもねぇんだ。

あの日の銀之丞の言ったことは本当だった。

「俺、ここでやっていきたい」

心の底から出た言葉だった。少し前まで、自分が芝居の一座の一員になるなどと、考えたこともなかったというのに。

「たりめぇよ」

銀之丞は大袈裟な身振りで腕を広げる。

「降りるなんざあ、許さねぇぜ。芝居はもう、始まってるんだからなあ！」

戯れに一摑み、鉛の粒を雨樋に放る。開け放した窓と空っぽの戯場へ軽やかに、だだだ、と雨音が弾んだ。

三、まだらの猫

　二月の興行は大層な評判となり、連日大入りのうちに千穐楽（せんしゅうらく）を迎えた。この顔ぶれでこの芝居をやるのは今日で最後とわかっているから、役者たちも、それを支える裏方たちも、より一層力が入る。

　佐吉の最後の台詞（せりふ）が伸びきると、拍子木が打たれ、幕が引かれて、芝居は終わりを迎える。本当に、これで終わりなのだ。狸八は西の桟敷の天井で、感極まって泣いていた。銀之丞にからかわれたが、その目にもやはり光るものがあった。

　客がはけ、見物席が空になると、半月ぶりに「雨樋」が下に降ろされる。鉛の粒を転がして鳴らした雨音は、回を重ねるごとにより間の取り方がうまくなり、笊の受け渡しは、もはや互いを見ることもなくできるようになっていた。

　それだけに、狸八は抜け殻のようになっていた。土台と舟形の樋と木箱とに分けられて運ばれていく「雨樋」を見ると、今度は寂しさで鼻の奥がつんとした。

千穐楽の夜は、「大入り当たり振舞」なる宴が催される。二階の稽古場が大広間へと姿を変え、そこに次から次へと料理が運び込まれる。鯛の尾頭付きに、鮑の煮たの、ひじきに車海老。酒はその倍はあった。甘いものは餅にかるかん。まるで正月のような豪華さだ。いつもは楽屋番が立ち、簡単には入れない二階だが、この日ばかりは自由に出入りができる。稲荷町の役者たちにとってはご馳走にありつける機会だ。なにせ芝居が当たらなければ、千穐楽といえどもここまでの宴にはならない。

狸八も末席で少しばかり鯛と酒とを口にした。朱塗りの盃は見た目にも豪勢で、曾我五郎が割った盃を彷彿とさせた。銀之丞は大胆にも上座へ行き、松鶴や喜代蔵、十郎相手に酌をしながら自分を売り込んでいた。上機嫌な松鶴は、もうすっかり赤い顔で笑っている。

狸八はそっと席を立つと、階下へと下りた。酒を運ぶ裏方とすれ違う。今も外では誰かが働いていて、櫓に張った幕を剥がし、絵看板を下ろしているのだろう。祭りは終わろうとしている。

中二階は中二階で、宴が開かれていた。女形の役者たちは二階へ行っているが、小道具方や衣裳方といった裏方は、それぞれの部屋でそれぞれに祝杯を上げている。大道具方はいつも通り、舞台と見物席で派手にやっているらしい。そちらへも酒が運ばれていく。

「お、立役者のお出ましか」

狸八が小道具方の部屋の暖簾をくぐると、すぐにそんな声が聞こえた。雷三だ。

「ん、いや、立役者は十郎と佐吉だ。おめぇじゃねぇや」

もう酔いが回っているらしく、自分で言って笑っている。弟子たちも今日ばかりは羽目を外しても許されるようだ。親方何を言ってるんですかと、手を叩く。

「狸八さんもどうぞ」と、鶴吉が茶碗を渡してくれた。大きな徳利から、酒をとくとくと注いでいく。

「いただきます」と、狸八は茶碗を掲げて頭を下げる。

「あい、おめぇも好きなだけ飲みな」

「上には行かないんですか」

そう訊くと、雷三は、へっと鼻を鳴らした。

「顔は出したがな。あっちはあっちだ。上は狭(せめ)えし、塗りの盃は、俺は好きじゃねぇ」

昨日まで佐吉の盃を塗っていたのにと、思わず言いそうになる。雷三は喉を鳴らし、茶碗の酒をざぶりと飲んだ。

「それに、たまにはこいつらぁ、労ってやらねぇとな」

「たまにはですかい」

「うるせぇ、たりめぇじゃねぇか。当たりもしねぇで騒げるかい」

弟子の一人の軽口に、雷三が蒸した鰈を嚙みながら言う。鶴吉が小声で教えてくれた。

「芝居は水物。当たるかどうかは、やってみなけりゃわかりませんから」

今回は運がよかったということだろう。

「おめぇこそ、なんでここへ来た。作者部屋ぁ、みんな上だろう」

松鶴を始め、弟子たちも、金魚までもが二階の酒宴にまじっている。廊下からも天井からも、その賑わいは伝わってくる。

「役者ん中には居づれぇか」

かっかと笑って、雷三はまた蒸し鰈に手を伸ばした。気に入っているらしい。料理は上にあったのと同じものがずらりと並んでいた。隣からは衣裳方の春鳴たちの声が聞こえる。祝宴の場所は分かれていても、祝い方に差はないようだ。みな気兼ねなく、いつもの仲間たちと当たりを喜びたいのだろう。それに雷三の言った通り、二階の広間は全員が集まるには狭すぎる。

「いや、あれを見ておきたくて」

狸八は壁際に並べられた雨樋を振り返る。

「しまわれるんですか、あれは」

「まあな。場所を取るからな」

もともと一台は蔵から引っ張り出してきたものだ。役目が終われば戻される。

「そうですか」

雨樋に目をやったまま、狸八は茶碗に口をつけた。

「ん」と雷三の声がして見ると、蒸し鰈の載った皿を、狸八の方へと押しやっている。

「食え。柔らかくてうめぇぞ」

そう言いながらまた一切れ放り込む、その口に見える歯はまばらだった。なるほど、それで先ほどから鰈ばかりをと、狸八は内心苦笑する。

「なんだ」

「いえ、いただきます」

ふっくらと蒸された鰈はほのかに塩と酒の味がして、添えられた酢味噌につけてもうまかった。

「親方、気に入ってますね」と、若い弟子たちが狸八を指して笑った。雷三も機嫌よく酒を呷（あお）る。

「言ったじゃねぇか、立役者だって」

「はは、違ぇねぇ」

弟子は一口で鮑を頬張った。

「おう、やってるか」

そこへ大徳利をぶら下げてやってきたのは喜代蔵だった。思わず姿勢を正す若い連中を、喜代蔵は手で制す。

「こんな日だ。儂（わし）も入れてくれ」

狸八は立ち上がって喜代蔵に場所を譲った。そういえば、喜代蔵と雷三は古くからの友人だと聞いた。

「いいのかい、頭取がこんなところにいて」

「ああ、そろばんなら与六（よろく）と藤吾（とうご）が必死になってはじいてるよ」

「そいつはひでぇ」

頭取座の勘定方は、毎日の売上を帳簿にまとめていく。千穐楽はこの興行全体の売上もまとめなければいけないから、浮かれている場合ではないのだろう。

「久しぶりにいい芝居だった。道具方も、みんなよくやってくれた」

へえ、と職人たちが頭を低くする。

「いい当たり方をしたよ」

「ああ。酒がうまい」

気の置けない二人の会話を背中に聞きながら、狸八は並んだ雨樋の前に腰を下ろし、ときどき酒を持ってきてくれる鶴吉と、夜が更けるまでそこで飲んでいた。雨樋を見ているだけで胸がいっぱいになり、同時に口に広がる酒と鰈と酢味噌のまじった味は、この上もなくうまかった。


それから数日が経ち、芝居小屋は元の落ち着きを取り戻していた。次の芝居の配役が役者たちに伝えられ、稽古もじきに始まるという。役者も裏方も、新たな芝居に向けて動き出している。

だというのに、作者部屋はどことなくどんよりとしていた。それというのも、あの大入り当たり振舞の翌日から、松鶴がため息をついてばかりだからだ。

「やっぱりそうだ。どう考えてもよかぁねぇ」

文机に両肘をついて手を組み、そこに額を当てて、ため息の合間にそんなことをぶつぶつと言っている。だがそれが何を指しているのか、作者部屋の者たちは訊けずにいた。古参の福郎と左馬之助でさえそうだ。この二人は正本の執筆に毎度参加しているがゆえに、己の失態であったらどうしようと、余計に口を閉ざしていた。下手に藪をつけば、毒を持った大蛇が飛び出してくるかもしれない。

狸八は今日も作者部屋の神棚を掃除して新しい榊を供え、そのあとは部屋の隅で古い正本を整理しながら、重たい雰囲気に背中に汗をかいていた。墨で線を引かれた正本の書き損じを拾うのにさえ、音を立てまいと慎重になっていると、がらりと障子が開いた。

「先生、邪魔するぜ」

背の高い、厳めしい顔つきの男の姿に、福郎と左馬之助とが、背筋を伸ばしてそちらを向く。鳴神十郎だ。次の芝居まで間があるからだろうか、曾我十郎とは別人のように思えた。新しい芝居の役には、これから少しずつ染まっていくのかもしれない。

「先生、次の芝居だがよ」

狭い作者部屋で厚みのある体を丸め、十郎は正本を見せて松鶴に何やら言っているが、狸八には何のことだかよくわからなかった。ただ、十郎が入ってきてから、部屋の中を通る風が、真冬のように澄んだのを感じていた。息をするのさえ、自然と力が入ってしまう。もしも不要な音を立てようものなら、あの曾我十郎を演じたときのような鋭い眼光で、射貫かれ、殺されてしまうのではないか。そんなことを思わせた。

「それと先生、孔雀と竜昇の役を、とっかえるわけにはいかねぇでしょうか」

竜昇、というのは雲居竜昇という若手の役者だ。先月、三番叟を舞った雲居長三郎の息子だろう。松鶴は腕を組み、ううんと唸る。

「竜昇は勢いがあるのはいいが、ちょいと色気が足らねぇよ。孔雀は女形もやるようになって、男の役でも色気が出るようになった。今度のは、あれぐらいの色気がほしい」

「まあ、そう言われりゃあそうですがね」

「そろそろ竜昇に、いい役つけてやりてぇんだろ」

見抜かれていたかと、十郎が苦笑する。目が横に伸びたように見えるほど、笑うこと一つとっても顔の動きが大きい。

「わからんではねぇよ」と、松鶴は横目で二人の弟子を見る。福郎が強ばった顔で頷いた。

「まあ、夏まで待ちな」

「ありがてぇ。佐吉ばかりが立役では、ほかが育たねぇからな」

「だが立役を張らせるなら、佐吉に並んでもらわにゃあなるまい」

「せめて新五郎くらいにはなってもらいてぇもんです」

　頼朝の陣屋を守る、御所五郎丸の姿が浮かぶ。強さと勇ましさと妖しさとを兼ね備えた御所五郎丸は、演じる橘新五郎のもともとの評判もあり、憎まれ役ながら人気もあった。

「ああ、その新五郎なんだがな」

　松鶴が口ごもる。

「なんです。新五郎がなんかやりましたか」

「いや」

　福郎と左馬之助が顔を見合わせている。狸八もそこに混ざりたかったのだが、二人はこちらを見てはくれなかった。

「名を、あらためねぇか」

十郎が大きく眉を歪めた。化粧をしていなくとも、筆で描いたような立派な眉だ。

「新五郎の？　襲名ですか？　いや、だが新五郎が継ぐような名は、今のところは何も」

「そうじゃあねぇんだ」

松鶴は手持ち無沙汰のように墨をする。

「縁起が悪ぃんじゃねぇかと思ってよ」

十郎が表情を変えぬまま、小さく息を吐いた。

「先生、またですかい」

また、ということはよくあるのだろうか。十郎はとつとつと言う。

「大芝居を打つ許しが出て、秋からこうして今まで、悪いことなんか起こっちゃあいねぇ。評判は上々、怪我人も病人も出ちゃいねぇし、岩四郎には甥が生まれた。一座が船なら、とっくに外海へ出ているほどに風はいい」

「こっから先はわからねぇだろう。海が荒れるかもしれねぇ」

福郎と左馬之助がまた顔を見合わせたが、今度は呆れた顔をしていた。

「それにほら、あいつの名は、生島新五郎と同じだ。どうも、よくねぇんじゃね

「かと思ってな」

松鶴は落ち着かなそうに腕を組む。

なるほどそういうことか、と狸八は思う。

せりや回り舞台など、大掛かりな仕掛けを用いて芝居を打つことを大芝居というのだが、これにはお上の許しがいる。今、その許しを得ているのは、日本橋にほど近い堺町の中村勘三郎の中村座と、葺屋町にある市村羽左衛門が座元の市村座、そして森田勘彌が座元を務める木挽町の森田座の江戸三座と、新たに加わったこの鳴神座だけだ。

しかし、かつて、同じように四つの一座が大芝居を打っていた時代がある。そのとき三座と肩を並べていたのが、山村座だった。

その山村座の役者、生島新五郎らを、時の将軍の母に仕えていた御年寄の江島が、茶屋に招いて宴を催し遊興に耽った。そのため大奥の門限に遅れたことに始まるのが、世に言う江島生島騒動である。

評定所は大奥の規律の緩みを重く見て、厳しい裁きを下した。江島は将軍の母、月光院の嘆願もあり、高遠藩内藤家がその身を預かることで落ち着いたが、生島新五郎と山村座の座元であった五代目山村長太夫とは、それぞれ遠島、山村座は廃座となった。

「ばかばかしい、百年も前のことですぜ」

十郎は目を閉じ、息を吐く。狸八も同じ思いだった。もしや、このところ松鶴はそのことをずっと気に病んでいたのだろうか。

「ばかばかしいとはなんだ」

むっとした様子で、松鶴が言い返す。

「すみませんね先生。つい口から出ちまった」

「そりゃあ本音ってことだ」

「いやまあ、だが、新五郎なんて名のやつぁ、この江戸中に山ほどいるし、よその役者にだっている名ですぜ。そんなに、気にかかるようなことですか」

「俺ぁ、この一座の行く末を案じて」

そこで言葉を切ると、松鶴は腕を組み、口をへの字に曲げて黙り込んだ。十郎が膝に手をやり、押すような仕草で立ち上がる。

「まあ、先生がそんなに言うなら、新五郎のやつには話しときますよ。だが、あいつも頑固だ。贔屓も増えてきたし、まだ新五郎の名で売りたいでしょう」

「あいわかった」

勝手にしろとばかりに、松鶴は放り投げるように言った。

「船が嵐に遭わねぇといいがな」

十郎が障子に手をかけて笑う。

「そのときゃそのときですよ。荒波を越えられるくらいにゃあ、頑丈に造ったつもりです」

閉められた障子にはしばらく大きな影が映っていたが、やがて梯子を上っていった。


「ああ、そりゃいつものことだな」

「いつものことですね」

昼飯ついでに先ほどの出来事を話すと、銀之丞と金魚は声を揃えた。鳴神座は、客の入る木戸は大通りに面しているが、楽屋口は細い路地に面している。楽屋口を出て、大通りとは逆の方へと路地を進むと、すぐ傍に「若狭屋」という蕎麦屋がある。蕎麦屋と言っても、飯もあれば煮物もあり、いい魚が入れば寿司を握ってくれることもある。先代の頃から鳴神座の御用達で、役者たちの好みに応えているうちに、なんでも作るようになったらしい。頭取の鳴神喜代蔵は、この店の蜜豆がお気に入りだという。

厨のない鳴神座のために、朝から大釜に飯を炊いて握り飯を作ってくれているのも、若狭屋の通いの料理人だ。

今日も見渡せば知った顔ばかりだが、役者よりも裏方が多い。名の知れた役者は、何も言わずとも主人が二階へ通すのだ。

一階の端に陣取った三人は、揃って若竹蕎麦をすすっていた。わかめと筍の載った温かい蕎麦は春にしか食べられない馳走だ。出始めの柔らかい筍と身の厚いわかめに、濃い目の出汁がよく合う。

「先生は縁起を担ぐお人なんです。あっしらの名も、そうやって決めているでしょう？」

鰹の匂いの息を吐いて、金魚が言う。

「というと、金魚の名前もやっぱり先生が」

「そりゃそうです。自分で金魚を名乗ったりしませんよ」

金魚は金の字が付くことと紅白の色合いから、めでたいものとされている。金持ちの間で金魚を飼うのが流行るのも、そのためだろう。

「めでたいからって、鯛吉とかじゃなくてよかったよな」

軽口を叩いた銀之丞が、金魚のどんぶりに残った筍を取ろうとして手をはたかれた。

「鯛吉でもなんでも、先生がお決めになったならかまいませんけどね」

大層な心酔ぶりだ。金魚はとっておいた筍の穂先をかじる。しゃくしゃくという小気味よい音が聞こえてくる。

「先生は、ご自分の周りを縁起の良いもので固めておきたいんです。福郎兄さんも、左馬之助兄さんも、そうして名前が決まりましたから」

梟は福来郎、不苦労とも字を当てられることがあるし、馬の字を左右逆に書いた左馬には、商売繁盛や、富を招くとの謂れがある。松鶴自身もめでたい名だ。徹底している。

「狂言作者として、先生は一流です。大概のことなら、先生はご自分の力で乗り越えてしまいます。でも、それでもどうにもならないことがあるんです。いい本が書けて、役者も揃って、大道具の仕掛けも凝って、これは大入りと思っても、蓋を開ければ閑古鳥、なんてこともあります」

芝居は水物だと、鶴吉も言っていた。

「そういやあったな」と、銀之丞が頬杖をついて天井を見上げた。

「立役が次々に流行り風邪で倒れちまって、いい芝居だったのに、看板の名がどんどん小さくなってな」

「名の大小なんて、銀之丞さんに言えることですか！　叱られますよ」

「おう！　そんなことになっても、俺にはまるでお呼びが掛からなかったからな！」

威勢よく言った銀之丞だが、目は泣きそうに潤んでいた。七味唐辛子を取り、どばどばと蕎麦にかける。

「最後の最後は運頼み、神頼みなんです。だから先生は、縁起にこだわるんですよ」

それで、橘新五郎の名が気がかりだったというわけか。「雨夜曾我盃」は、あんなにも評判がよかったというのに。座元や二人の弟子が呆れていたのもわかる。狸八は蕎麦をすすり、呟く。

「しかし、なんだかおかしな人だな」

「何がです？」

金魚が食いつくように訊いてくる。金魚の前で、松鶴を悪く言うようなことは避けた方がよさそうだ。

「いやな、俺が畑で拾われたときは、そんな人には見えなかったからよ。なんつうか、頼りになりそうな、懐（ふところ）の深い、大きな人に見えたからさ」

「そういう日もあります。得意満面、意気揚々、鼻高々の日もあれば、その鼻がなぜか折れている日もある。折れたわけは誰にもわからずじまい。誰が折ったわけでもない。ひとつのことにこだわって、やたらと不機嫌な日もあれば、機嫌よく役者の話を聞くこともあります」

唐辛子入りの汁をすすった銀之丞が、げほげほと咳き込んだが、金魚はそちらを見もしなかった。銀之丞は涙声で言う。

「ムラがあんのさ、あの先生は」

「そうです。だからこそ、先生はいい話が書けるんです」

「そういうもんなのか」

戸惑いながら狸八が訊くと、金魚はしっかりと頷いた。

「そういうもんです。いつでも変わらないのは、江戸三座に負けたくないという思いだけです」

「江戸三座に」

そのために、縁起にこだわるのもやめられないということか。

わかるようなわからないような話だが、金魚の目には松鶴を信じて疑わない、まっすぐな光が宿っていた。

「それで俺にも狸八って名を、ね」

狸は「他を抜く」。それにしても、ほかの動物がよかったなと思う。よりによって狸とは、なんだか間抜けだ。だが、出会ったときを思い出せば、それも仕方ないかと思う。なにせ畑の中で大根を齧っていたのだ。虫や鼠の名がつくよりはましかもしれない。

「そういや」と、ふと思って狸八は尋ねた。

「俺の畠中って字、なんでこっちの字じゃねぇんだ？」

狸八は卓の上に指で「畑」と書く。ああ、と頷いて、答えたのは銀之丞だ。

「そりゃあ、火は使わない方がいいからさ」

「火？」

「芝居小屋で一番怖ぇのは火事だからな。何のために千穐楽って、わざわざ面倒な字を書いてると思ってんだ。秋も畑も火が入るだろ？」

なるほど、と狸八は思わず手を打った。

「それでか」

「それでだ」

「ってことは、先生に限らず、芝居小屋そのものが縁起を担いでるんだな」

金魚が頷く。

「そういうことですね」

「まあ、縁起を担がねぇ家も店もねえだろうしな」

それもそうか、と、狸八は若狭屋の厨の端に置かれた招き猫に目をやる。壁には神棚も据えられている。神棚なんて、長屋にさえもあるのだから、それこそ町中どこにでもある。松鶴だけがこだわっているわけでもないのだろう。

銀之丞が店の看板娘を呼び止め、茶をもらう。看板娘は二人いて、一人は店主の娘の多喜（たき）、もう一人はきりというのだが、こちらは大道具方の源治郎の娘だ。

「名前の話してたでしょう」と、大きな急須で茶を注ぎながら、きりが言う。臙脂（えんじ）の着物を襷（たすき）でからげ、ちゃきちゃきと働く姿と、ぱっちりとした大きな目は父親譲りだろうか。

ここへ来て多喜やきりと会うと、狸八はいかに己が女っ気のない暮らしをしているかを思い知る。看板娘たちどころか、ときどき店に出ている多喜の祖母と話すときさえ、妙に肩に力が入るのだ。きりがことりと湯呑を置く。

「あたしなんか穴を空ける道具の名前だもの。何だって、人の名前がましに見えるわ」

「いい名だぜ、きりちゃん。大工にとって道具は自分の体もおんなじだ。大事なもんさ」

そうかな、ときりは首を傾げて笑う。

「ありがとね銀ちゃん。金魚ちゃんも狸八さんも、ゆっくりしてってね」

金魚は礼を言い、狸八は小さく頭を下げた。きりは店を見回して、稲荷寿司を頬張る衣裳方のところへ行き、茶を注ぐ。俺ももらえばよかったかと、湯呑を覗いたとき、袂からかさりと音がした。手を突っ込んでみると、くしゃくしゃに丸められた正本の書き損じだった。先ほどの掃除の最中に、袂に入り込んだらしい。広げてしわを伸ばす。この線の引き方は松鶴だ。もとはなんと書いてあったのか日に透かしてもわからないほど、墨で執拗に塗り潰している。

「ごみか?」と、銀之丞が尋ねた。

「そうみたいだ」

答えて、狸八は卓の上で紙を丁寧に伸ばす。読めない書き損じは、模様のようだった。端を折り、紙を真四角に整えていく。

「そういや、銀の名前は誰につけてもらったんだ？」

「俺は自分でつけたのさ」

茶をふうふうと吹いて、銀之丞は一口、ごくりと飲む。

「あつっ」

「当たり前でしょう」と、金魚が呆れる。

「いいんだよ。熱い方がうまい。大事な話すんだから黙ってな。狸八、小道具方の部屋で、銀の月を見ただろう」

狸八は、中二階にある小道具方の仕事場へ入ったときのことを思い出す。部屋の片隅に、丸く切った板に銀箔を貼っただけの、簡素な造りの月が立てかけられていた。

「俺、あれが好きなんだ」

にっと笑う。

「あそこに置いてありゃ、月にも見えねぇけどさ。舞台の上から吊るされると、途端に月になるのよ。おめぇ、まだ見たことねぇだろ？　きれいなもんだぜ。よく光ってな。小屋のただの薄暗闇が、途端に夜の空になるんだ。銀の月一つでな。場を変えちまうだけの力があるのよ」

「へえ」

「それで自分もそんな役者になりたくて、月島銀之丞って名にしたんですよね？」

「お前なんで言っちまうんだよっ」

してやったりという顔の金魚に、銀之丞は悔しげに唇を尖らせる。

「俺が言おうと思ったのに」

ふふ、と金魚は鼻で笑う。作者部屋では見せない顔だ。それだけ銀之丞と仲がいいのか、それとも銀之丞に人の本心を引き出す力があるのか。どことなくだが、後者のような気がした。ひと月ほど見ている限りでは、金魚は誰かと特別仲がいいという風ではない。

「まあ、そういうわけだ」

気を取り直したか、銀之丞は得意気に目を瞑る。

「役者はだいたい、師匠につけてもらうか、自分で名乗るかだな。継ぐほどの親の名前があるのは、よほどの家だけだ。うちだったら佐吉さんくらいじゃねぇかな」

鳴神家は、もともと襲名はしていなかったらしい。喜代蔵もその前の代も、一代限りの名で役者をしていたのだが、このたび大芝居の許しが出たのは「鳴神座の座元である鳴神十郎」に対してだ。そうなると、この先も一座が芝居を続けていくためには、常に座元に鳴神十郎という名の者を置いておかなければならない。それゆえに、鳴神家では襲名が必要になってくるというわけだ。

そのほかにも、家を守るために名を継いでいくことはある。

「ほかに襲名で残すとしたら、八郎さんのとこと、右近さんかなぁ。白河右近……でも梅之助兄さんは女形だしな」

役者同士でも、その辺りはよくわからないらしい。

話を聞きながら、気付くと狸八は紙を折っていた。紙を斜めに、三角になるように二回折り、片方の三角のところを帆のように立てて、真ん中の折り目から割る。裏返して繰り返せば、初め三角に折ったはずのものは四角になる。

「折形か？」と、銀之丞が尋ねた。狸八はびくりとする。

「あ、ああ」

「鶴(つる)ですね」

金魚も言う。

「器用だな。端が揃ってら」

「癖でな、紙があるとなんとなく折っちまうんだ」

「へぇ」

翼を作り、尾と首とを根元から折り出し、最後に頭を折る。翼を広げて整えると、右の翼と尾だけが黒い、まだらの鶴ができた。

「うめぇもんだな」

「そう思うか？」

「そりゃあ、もちろん」

なんと返せばいいかわからないうちに、俄かに店の前が騒がしくなった。新しく客が五、六人、暖簾をくぐって入ってきて、きりが店先へ出ていったあと、小走りにこちらへやってきた。狸八は鶴を素早く懐へしまう。

「あんたたち、もう食べ終わってるんだろ？　そこ空けとくれ」

「なんだい、さっきはゆっくりしてけって言ったのに」

「時が過ぎれば人も変わるもんさね」

「あ、それ松鶴先生の書いた台詞ですね」

金魚が目を輝かせる。

「さすが金魚ちゃん。ほら、早く立って立って。片付けるのも手間なんだから」

追い立てられるようにして、三人は若狭屋をあとにする。路地に出て、さてこれからどうするかというところで、狸八はふと気になって尋ねた。

「そういや金魚は、いつからその名前なんだ？」

「五つの頃です」

「五つで鳴神座に？」

「ええ」

どうりで松鶴が信を置いているわけだ。芝居小屋で育った上に、松鶴が育てたも同然なのだろう。

「前の名は、なんて？」

金魚は首を横に振る。

「覚えちゃいません。拾われたんです」

特に悲しげな風もなく、金魚はきっぱりと言った。

「俺は前の名はあるけど、どうにも今一つなのよ。そこいらに掃いて捨てるほどいる名でさ。寺の坊さんが付けてくれた名だけど、俺には合わなかったな」

訊いてもいないのに銀之丞が勝手に答えた。罰が当たりますよ、と金魚が言うが、銀之丞はぺろりと舌を出す。

「狸八は？　本当の名前、なんていうんだ？　狸八って呼ばれるのもまだ慣れねえだろ？」

本当の名前。

「ああ、いや」

答えるべきか、狸八はためらった。銀之丞も金魚も言いふらすような人間でないことはわかっているが、松鶴にさえまだ話していないことだ。何より、自分の口からその名が出ることを思うと身が竦む。口にしようとしたところで、音にもならない気がした。強ばる舌を回して喋る。

「いや、もう、慣れたよ」

意外そうな顔をした二人だったが、それ以上は訊いてこなかった。

椿屋小太郎。それが、畠中狸八の本当の名前だった。

そしてゆくゆくは、五代目椿屋仁右衛門と名乗るはずだった。

名乗れなくなったのは己のせいだ。それは確かだ。家の、大店の持つ名の威厳と金の力とを振るい、贅を尽くして遊び、店が傾くほどに金を使い込んでしまった。数十両どころではない。

名は椿屋の信だ。道を外れることなく、長く商いをしてきた歴史であり、この先も椿屋は正しく商いをしていくであろうという証であり、客が信を置くためにあるものだ。そして奉公人たちの誇りでもあった。その名の値打ちを、小太郎はたった一人で落としてしまった。

勘当されたのは自業自得だ。父が跡継ぎを弟と定めたのも当然のことだった。

弟はいくらか気が弱いものの、生来生真面目で、精進を怠らない性分だった。そうだ。性分がまるで違うのに、子供の頃からいつも、小太郎の後ろにくっついていた。かわいいやつだった。あいつがついてこなかったのは、吉原くらいだ。

こういうものはいつでも、気付いたときには遅いのだろう。

弟が拳を握り、目に涙を溜めて、兄さん、もう吉原へ行くのはよしてくださいと言ったあのとき、どうして己は笑い飛ばしたりしたのだろう。弟が誰かに強くものを言う、それ自体が、滅多にないことだったのに。

あの日が境だったのだ。あの日にすべてが決まり、そして終わったのだ。

椿屋の若旦那、若旦那さん、小太郎さん、小太郎、兄さん。

いくつもあった自分の呼び名は、帰る家を失うと同時に、すべてなくなった。

誰も自分を呼ばない日々が続いた。そのうちに、自分が誰かもよくわからなくなっていった。

椿屋の若旦那でもない、椿屋小太郎でもない、商人ですらない。誰の息子でも、誰の兄でもない。

所帯を持とうと誓い合った花魁（おいらん）は、会ってくれないどころか、文さえ受け取ってくれなくなった。見世（みせ）に無理に入ろうとして、男衆に投げ飛ばされた。頬を擦った土の匂いと、それに混じる血の匂いを、己はけして忘れないだろう。

名前のないまま途方に暮れて、道の端でうずくまっては、名前のないまま夜を明かした。

そんなときに与えられた新しい名は、不思議なほどに、よく体に染み込んだ。

もう慣れた、と言ったのは、嘘ではない。ほかの名で呼ぶ者がいないのだ。狸八と呼ばれるたびに、己は少しずつ狸八になっていった。少しずつ、残っていた椿屋小太郎の影が消え、端の方から畠中狸八になっていくのがわかった。

前の名を掠りもしない、まったく別の名。

鳴神座の畠中狸八。

椿屋小太郎を知る者には、誰のことだか見当もつかないだろう。未練がないわけではない。ただ、人は呼ばれる名の通りの人になっていく。そのことは、たしかな手触りを持って感じられた。

銀之丞たちと別れたものの、狸八には行くところがなかった。古い正本の片付けは終わっている。そもそもそれ自体、仕事のない狸八に松鶴が適当に言いつけた雑用だ。狸八がいないならいないで、困ることもないし、作者部屋はその分広くなる。

どこへ行こう。

歩き出してから、そう思う。天気がいい。桜が咲くのはもう少し先だが、近頃はずいぶんと日も伸び、昼間は暖かくなった。立ち止まり、蔵前の往来の中で空を見上げた。霞がかった空は広い。

種油の売上が落ちたろうな。

そんなことが過(よぎ)り、狸八は慌てて頭を振った。種油は行灯(あんどん)や灯火に使う油だ。これから夏にかけては、どうしても売れ行きが悪くなる。

だが、そんなことを狸八が思ってどうなる。そんなことを知っていようと、何を思おうと、狸八にはもはや関わりのないことだ。

そうだ、関わりはない。今頃、五代目椿屋仁右衛門となった弟が、うまくやっているはずだ。店が潰れたという噂は聞いていない。狸八のいなくなったあと、きっとうまく立て直せたのだ。

足が止まる。すれ違う人の、髪の油の匂いが気になって仕方がない。あれはどこの店の油だろうか。椿油か。狸八は唇(くちびる)を噛(か)んだ。

一度過ってしまった椿屋のことが、頭から離れない。

気付いたときには、足は西へと向かっていた。人を追い抜き、掻き分け、まるで自分の足ではないように動く。うずうずとして、動かねばいられない病にでもかかったかのようだった。足を止めようとしたが、なぜだかうまくいかない。

鳴神座へ来てからというもの、忙しさに追われて忘れていたのに。ほんの少し、椿屋小太郎の影が戻ってきてしまった。畜生、銀に金魚めと、胸の内で悪態をつく。あの頃の、日々の記憶まで蘇ってしまったではないか。

心のどこかで、このままでいいのだろうかと思いながら暮らしていた、あの日々を。

鳴神座のある蔵前から南西へ、ぐるぐるとかたつぶりの殻のように江戸城を取り巻く堀を回り込み、一刻ほど歩けば、そこは麴町(こうじまち)だ。江戸城の西の端にある半蔵御門(はんぞうごもん)を出てすぐのところで、まっすぐに行けば甲州街道(こうしゅうかいどう)へとつながる重要な町だ。そのため、集まる商家も代々武家と関わりのある大店が多い。

通りを歩く人は腰に刀を差しているか、そうでなければ武家の奉公人が多く、同じ商人の町であっても日本橋辺りとは趣が違う。麹町は賑やかではあっても、どこかしんとした硬さが残る。

とはいえ、人が生きるのに要るものは同じだ。味噌、醤油屋に、豆腐屋、菓子屋、煮売り屋と食べ物屋が続けば、瀬戸物屋、傘屋、足袋屋も並ぶ。そして、その一角に油屋、椿屋もある。

狸八は通りを挟んで向かいの店の脇の、細い路地に身を隠した。ちょうど火事に備えた天水桶が積んであり、狸八はその陰に屈む。無性に喉が渇く。

久しぶりに見た椿屋は、恐れを抱くほどに眩しく見えた。幅四間はあろうかというどっしりとした店構えに、屋根の瓦は黒々と光り、深い藍色の暖簾には、椿の花の家紋が白く染め抜かれている。通りを挟んでいても、暖簾の奥、店先の土間に、大きな木桶の埋め込まれているのが見えた。あの一つ一つが、油で満たされているのだ。独特な匂いがここまで漂ってくる。

扱うのは灯火に用いる種油のほかに、食べ物に使う胡麻の油、障子紙などに塗る荏の油に、髪に塗る椿の油だ。どれも高価なため、灯火用には安い魚油も置いている。だが、魚から採る魚油は、黒い煙は出るわ臭いわでいいところがない。あっという間に障子を燻し、部屋中に匂いが染み付くのだ。

ああ、魚油の匂いまでする。狸八はその匂いを追い出すように、鼻から息をふんと吐いた。続けて鼻を擦る。

懐かしい。店から続く屋敷に暮らしていた頃は、寝床まで油の匂いがするものだから、嫌だ嫌だと思っていたのに。新しい着物にまで一晩で匂いがつくし、それで町を歩けば、名乗らずとも椿屋の若旦那と呼ばれたものだ。こんな油臭いところに嫁が来てくれるものだろうかなどと、いらぬ心配までしていた。

何もかも、今では手の届かないものだ。覆水盆に返らずとはこのことだ。

狸八は自分の体を見下ろした。下男のような粗末な着物で出てきてしまった。これしか持っていないのだから仕方がないが、椿屋の者でなくとも、こんなところを麴町の誰かに見つかれば、それこそ落ちぶれただのなんだの、好き勝手言われた挙句に噂があっという間に広まってしまう。

目立たないように気を付けなければ。そう思うのに、すぐに蔵前に帰る気にもなれない。自分の心もわからないまま、狸八はしばらくの間、岩のようにじっとしていた。

往来に耳を澄ましていると、奥の方にもぞもぞと聞こえていた声が、だんだんと大きくなってきた。誰かが椿屋から出てくるようだ。

「では、よろしく頼みましたよ」

供を連れた、真っ白な髪の老人が言う。身なりがいい。あれは船宿、七宝屋の主人だ。

「いつもご贔屓に、ありがとうございます」

老人のあとに暖簾をくぐって出てきた若い男が言う。狸八の心の臓が軋んだ音を立てた。それらしく黒の羽織を纏い、重たそうな眼鏡を掛けた男は、間違いなく、狸八の弟であった。まだ十八の弟だ。

「徳次郎さん、先代の分まで精進なさいよ」と、老人が肩に手を置いて言う。その手は重たそうに見えた。

「はい」

「今後ともどうぞご贔屓に」

そう言って徳次郎の後ろで深々と頭を下げたのは、すっかり老いた母だった。痩せて、肌がわずかに黒くなった。顔つきは以前よりずっと厳しい。奉公人と同じ藍色の、店の名の染め抜かれた印半纏を着ている。店先へ立っているのだろうか。父が生きていた頃には考えられない姿だ。

徳次郎とてそうだ。以前は眼鏡なんて掛けていなかった。目を悪くしたのか。病だろうか。

互いに頭を下げて、では、と老人と供の者が去っていく。母が胸に手を当て、安堵した様子で言った。

「よかったよ。嘉兵衛(かへえ)さんとこが繁盛するとうちまで助かる」

手の甲には、血の筋が青く盛り上がっている。

「ああ。ありがたいことだね」

「だけどね徳次郎、御贔屓さんばかり当てにしちゃいけないよ。新しいお客も見つけないとね」

「はい、おっ母(か)さん」

徳次郎は静かに頷いた。母は先に暖簾をくぐって入っていく。狸八は物陰で首を傾げた。

母も船宿の嘉兵衛も、弟のことを徳次郎と呼んでいた。五代目仁右衛門はまだ継いでいないのだろうか。父が死んで、もう半年も経つというのに。

徳次郎は店先に残ると、通りの左右を見渡していた。通りがかった顔見知りとにこやかに、天気について二言三言、言葉を交わす。その穏やかな目つきに、雀に米粒をやっていた幼い頃を思い出す。厨から勝手に持ち出していたから、母と女中には叱られたが、徳次郎はこっそりと続けた。雀が小さな体で米をついばむ姿が可愛らしいのだと、驚かさないように隠れて見守っていた。

今出ていけば、徳次郎と二人だけで話ができるだろうか。じゃり、と下駄の下の土が鳴る。腰を浮かしかけて、狸八ははたと我に返った。

いったい何を話す気だ。元気そうだな、近頃どうだ、とでも言うつもりか。いや、違う。あのときはすまなかった、と謝るのか。

今は芝居小屋で世話になってるんだ。やっと真っ当に働き始めたよ。なに、椿屋の足を引っ張る気はないさ。今は畠中狸八と名乗ってる。な？　まるで生まれ変わったみたいだろ――？

狸八は首を振った。ぶんぶんと、頭がくらくらするほど何度も振った。だめだ。何を言ったとしても、憐れむような徳次郎の目しか思い浮かばない。もう会話することさえも許されない身なのだと、あらためて思い知る。

「旦那さん、どうなさいました」

丁稚が駆け寄ってくる。徳次郎がずっと店先にいるものだから、なにかまずいことでもあったかと思ったのだろう。丁稚は焦っていた。徳次郎は中腰になり、その子と目の高さを合わせる。

「いや、なに、この辺りに猫がいるだろう。大きな、縞の太ったやつが。少し懐き始めていたんだが、最近見かけなくてね」

丁稚は見るからにほっとした顔で答えた。

「ああ、あいつですかい。魚油を狙って来るもんですから、手代さんがちっと懲らしめました。しばらくは寄り付かないでしょうね」

徳次郎は眼鏡の奥で目を見開く。

「そうか」

「油屋に猫が懐いては困りますでしょう」

「それはまあ、そうだが。そうか、寅七さんがね」

頷き、仕方ないなと、徳次郎は眉を下げた。

狸八はぎゅっと拳を握る。

徳次郎は何も変わっていない。立場が変わったとしても。

狸八の頭の中に、子供の頃の記憶が蘇ってきた。それは大水のように流れ込んでくるのではなく、ずっとそこにあったのに、深い霧のせいで見えなくなっていた、そんな記憶だった。強い風が吹き、霧が晴れていく。

幼い頃から、徳次郎は生き物が好きだった。それと同じように、小太郎にも好きなことがあった。折形だ。人より得意なことがあった。折形だ。

鶴に兜に奴凧。一枚の四角い紙が姿を変えていく様に、幼い小太郎は夢中になった。親子の鶴がくちばしの先をつけて繋がっているような、複雑な折形もどんどん覚えた。

だが、折形はおなごの遊びだ。男ができて褒められるものではない。褒めてくれたのは祖父だけだった。三代目椿屋仁右衛門という名の祖父の、若い頃の名前は知らない。得意先にも奉公人にもよく慕われていた祖父は、隠居して長い昼を過ごすようになると、よく縁側で小太郎と徳次郎の遊び相手をしてくれた。

「若、折形ばかりして何になります。それよりもそろばんを」と、眉を寄せる手代を制し、祖父は言った。

「手先が器用ってのは、頭がよく回るってことだ。無駄にはならん」

祖父は折形の本も買い与えてくれていた。様々な鶴の折り方が記された、古い本だ。

「しかし」

「まだ子供だ」

昼の暖かい陽を浴びて、手を振り笑ったその顔を、狸八はよく覚えている。

「徳次郎も、猫だ雀だをよく見てる。それは人を見るのも一緒だ。ものをよく見、人をよく見るもんは、客だってよく見る。どっちも商売人にとって悪いことじゃあねぇよ」

そう言って、二人の頭をわしわしと撫でてくれる、皺だらけの大きな、油の染み込んだ手が好きだった。抱えるほどの籠がいっぱいになるまで、あの縁側で紙を折った。祖父はこっそりと千代紙を買ってきてくれることもあった。千代紙で折った宝船は、それこそ七福神が笑って乗りそうなほど、めでたく輝かしく見えた。

潮目が変わったのは、祖父が死んでからだ。小太郎が十を過ぎた頃だっただろうか。四代目を名乗る父は、息子たちの夢中になっているものを嫌った。憎んだ、と言ってもいいかもしれない。特に跡取りの長男が、おなごの遊びにかまけていることが許せなかった。

外ではけして折形をするな。したことがあるとも言うな。折ったものは人に見せるな。すぐに捨てろ。いいや、いっそ折るな。二度と折るのではない。

言葉はだんだんと強くなり、母もそれを否定することはなかった。

両親との不仲の始まりは、そのときだったように思う。折形程度でと、人に話せば笑われるだろう。だから誰にも打ち明けなかった。しかし、祖父に褒められた手先の器用さを否定されることは、それまでの自分と祖父とを否定されるも同じだった。

どうにかして父に刃向かいたくて、出された食事を残してみたこともあるが、それは女中を悲しませるだけだった。

心の拠り所は祖父との思い出だったが、あるとき、ふと気づいた。思い出したのだ。祖父がかつて、縁側で手代に言ったあの言葉を。

「まだ子供だ」

あの言葉の意味が、幼い頃はわからなかった。だがあれは、今だけだ、大きくなればじきにやめる、という意味だったのではないだろうか。だから手代もおとなしく引き下がったのではないだろうか。祖父も胸の内では、跡取りが折形に夢中なことを認めてはいなかったのではないか。

折形でいっぱいの籠は、いつでも小太郎の部屋に置かれた。

縁側は、塀の外からは見えない。

日だまりの縁側で見た祖父の顔が父の顔と重なったとき、何かが、小太郎の中でぷつりと切れた。

今までの何もかもが、意味のないことのように思えた。

人が変わったように、小太郎は勉学に勤しんだ。表立って父に刃向かうことはなくなったが、大人になるにつれて、別の思いが胸に湧いた。

父は、小太郎のことを知っているだろうか。

小太郎の好きなものと、嫌いなものとを知っているのだろうか。

黒い点のようだったその思いは、やがて墨が滲んで広がるように、少しずつ小太郎の胸の内を染めていった。

思えば、父とは油と店の話しかしたことがない。まるで椿屋という店のために小太郎は生まれてきたかのようだ。いや、実のところ親からすればそうなのだろうが、それではまるで、道具のようではないか。

椿屋の長男は、俺でなくてもよかったのかもしれない。

だとしたら、何のために俺は、大好きだった折形を禁じられたのだろう。

その夏、久しぶりに蟬(せみ)を折った。縁側に置いたそれを、父は踏みつけてから拾い上げ、そして捨てた。小太郎はそれを、細く開けた障子の隙間から見ていた。

ここは自分の居場所だろうか。何度も何度も、小太郎は己に問いかけた。そしてある晩、店の金を持ち出して駕籠に乗った。

それからはなし崩しだった。何年もかけ、勉学に励むことで少しずつ積み上げた父や奉公人たちからの信頼は、あっという間に地に落ちた。取り返しのつかないことだとわかっていても、止められなかった。そうして徐々に、椿屋のこともなんとも思わなくなっていった。

畠中狸八は天水桶の陰で、着物の合わせをぐっと摑む。胸が苦しくて、息をするのさえつらい。

あの頃、己が父とのことで悶々としていた頃、徳次郎はどうしていただろう。

徳次郎もまた、猫や犬や雀や、生き物をかわいがることを禁じられていた。猫を撫でた手で油に近付くな、匂いが移る、毛が舞って油に入ると言われ、庭を横切る猫を悲しげに見ていた横顔を覚えている。

徳次郎はどんな思いで日々を送っていたのだろう。祖父の言葉の意味には気付いていたのだろうか。どんな思いで、小太郎の遊郭通いを咎めたのだろう。

ああ、もっと徳次郎のことを見てやればよかった。もしかするとあのとき徳次郎は、自分を慰めてくれる大きな手を待っていたのかもしれない。お前がそれを好きなことは、けして悪いことではないと、頭をわしわしと撫でてくれる、祖父とは違う大きな手を。

狸八はため息をつく。考えすぎだろうか。いや、徳次郎だって少なからず、小太郎と同じ思いを抱えていたはずだ。だが生真面目な弟はそれに蓋をして、父の言いつけ通りに椿屋を守っていくことを選んだのだ。

徳次郎の性分を思うと、先ほどのやり取りから様々なことが窺えた。

名前を継いでいないのは、徳次郎自身の気後れからか、あるいは徳次郎の未熟さを案じて、母が継がせないかのどちらかだろう。後者かもしれない。徳次郎の物言いはおよそ商売人らしくもないし、新しい贔屓客もまだついていないようだ。

だが、いつまでも仁右衛門の名をそのままにしておくわけにもいかない。徳次郎は夜な夜な明かりの下で油のことを、商いのことを学び、目を悪くしたのだろう。見覚えのない眼鏡は、きっとそのためだ。

徳次郎はまだ若い。考えてみれば、銀之丞と同じ歳だ。一日中、好きな芝居のことばかり考えている銀之丞のことを思うと、徳次郎が哀れだった。

外に出て初めて、己がどれだけ酷なことをしたかがわかる。他人になった今だからこそ、言い訳もできないほどのことをしたのだと、自分でも思う。小太郎は、己のことしか考えず、徳次郎を椿屋に置き去りにしたのだ。

父が死んだと噂に聞き、駆けつけた日のことが忘れられない。黒の紋付に身を包み、いつもの顔からは想像できないほど険しい顔をして、徳次郎は兄に向かって吐き捨てた。帰れ、帰ってくれ。ここへは二度と来ないでくれ。ここはもう、あんたの家じゃない、と。あれはきっと、兄に裏切られた悲しみと、己の先を思っての恨みだろう。

徳次郎の後ろで、女中に支えられて母は泣いていた。手代の寅七が投げつけるように撒(ま)いた塩が目に入った。

あのとき小太郎は、母を慰め、店と弟とを助けようとして駆けつけた。だが、一つも叶えられることはなかった。何一つ望まれていなかった。望まれていたのは、椿屋小太郎が塵のように消え失せることだけだった。

鼻の奥がつんと痛む。丁稚は仕事があるようで、店の裏へと向かっていった。徳次郎は、まだ諦めきれない様子で通りを眺めている。寅七なら容赦しないだろう。猫はきっと、戻ってこない。ぐるりと、徳次郎が体ごと回して振り返ったときだった。ほんの刹那(せつな)、徳次郎と狸八の目が合った。

徳次郎の瞼(まぶた)がわずかに動く。狸八はびくりと肩を震わせ、息を呑んだ。気付かれたか。とっさに腕で顔を隠す。だが、徳次郎の目は狸八をあっさりと通り過ぎていった。狸八の口から短く吐息が漏れる。確かに目が合ったはずなのに、弟がもう一度こちらを見ることはなかった。

残念だ、と呟いて、徳次郎は暖簾をくぐって中へと入っていった。狸八は顔の前に上げていた腕をどける。心の臓がどくどくと鳴り、背中を冷たい汗がつたう。

あれだけいろいろ思っていたのに、今は見つかることへの恐怖が胸を占めていた。目を伏せ、また上げる。店の土間に人影はなく、ただ春の光が、藍の暖簾をより青く見せていた。

徳次郎は、小太郎に、兄に気付かなかったのだろうか。身なりがあまりにも違うからか。そこにいるとは思いもしなくて、目に入らなかったのか。それとも、徳次郎の目にはもう、兄の影すら見えていないのだろうか。

それだけは、それだけは嫌だと、狸八は震える手を懐へ突っ込むと、まだらの鶴を取り出した。それを解き、指でしわをならすと、すぐ隣の家の壁を机代わりに、別の線を折り始めた。

稽古の終わった鳴神座は、静かなものだった。楽屋口から入ると、一階は薄暗かった。日の沈む時分、家のある者は帰り、ここに寝泊まりしている者たちも、今は飯を食いに出ている頃だろう。若狭屋の方から賑やかな声も聞こえる。

「遅かったですね」

暗がりの廊下から声がして、見ると闇から人の顔がぬうっと現れた。顔だけだ。

「うわっ」

狸八は思わず声を上げる。

「なにを驚いているんです」

呆れた顔は、金魚のものだった。頭のてっぺんから爪先まで、全身を黒い衣に包んでいる。頭にも黒い頭巾を被り、顔にかかる前の布だけ捲り上げている。

「なんだ、金魚か」

「なんだとはなんです。先生も兄さん方も、もう帰りましたよ。今頃菊壱でしょう」

松鶴の贔屓の料理屋だ。毎日のように帰りにそこへ寄るのだが、気になるのはそれよりも金魚の格好だ。

「それは……黒衣か？」

舞台上での衣裳替えを手伝ったり、小道具を渡したりする役割のことを後見という。黒衣は後見の一種だ。自身の姿を消し、芝居を進めるために必要な手伝いをする者のことだ。

「ええ、稽古をしてました」

狸八は目を瞬く。

「金魚が、やるのか？」

「ええ」

黒衣という存在は知っていても、今まで、誰がその役目を担っているのか知らなかった。黒衣も作者部屋付きの仕事なのだろうか。

「そうと決まってはいませんね」と、金魚は答えた。

「後見というのは、その役者の間合いや、芝居の間合いをよく知っている人がやるもんなんです。うちなら、佐吉さんの後見は喜代蔵さんと決まっています。喜代蔵さんの孫ですからね。小さな頃から、ずっと佐吉さんの芝居を見てきましたから」

「喜代蔵さんが黒衣をやるのか？」

驚いて尋ねると、金魚は首を横に振った。

「役者が後見をやるときには、ちゃんと衣裳を着て舞台に出ます。たとえば家臣とか兄弟とか、傍についていておかしくない立場の人になるんです」

そう言われれば、昔観た芝居では、裃姿の家臣が主君に書状などを手渡している場面があった。その家臣に台詞はなく、役を演じているというよりは、書状を運ぶためにいる、といった風だった。あれが後見だったのか。

「黒衣をやるのは、作者部屋付きか小道具方が多いですね。仕掛けのある小道具を使うときなんかは、小道具方がやるのが一番ですから。あっしは次の芝居で、朱雀さんの着替えの手伝いをするんです。舞台の上で。引き抜き、というやつですね」

朱雀、というと紅谷朱雀か。「雨夜曾我盃」の仇討ちの場で、金魚と組んで雨音を出していた若い役者だ。

「なんでまた、役者じゃなくて金魚が？」

「朱雀さんの後見はあっしがやることが多いんですよ。歳が近いので昔から何かと組みにされることが多いですし、芝居の間合いも、よくわかってますから」

金魚は少し得意気だった。紅谷朱雀は役者の中でもっとも若い。銀之丞が十八だが、朱雀は十六だという。線が細いため、いつの間にか娘の役を演じることが増えたらしいが、「雨夜曾我盃」では源頼家を演じていたように、若武者役でも華がある。次の芝居では、お忍びでこっそりと城下へ出る姫の役を演じるらしく、ちらりとだけ見た正本には、たしかに姫から町娘へと、舞台上で衣裳を替える段が記されていた。あれが引き抜きか。

「衣裳の端を縫っている太い糸を引っ張ると、ぱっと町娘の衣裳に変わるんですよ。その間に朱雀さんは姫様用のかんざしをすっと抜いて、あっしに渡す算段です」

なるほど、それは客も沸くだろう。今日は中二階の衣裳方の元で、その稽古をしていたらしい。客として見る分にはおもしろそうだが、いざやる側となると、よほどの稽古と度胸が必要だろう。客の注目が集まっている分、仕損じればよく目につく。

「俺もそのうちやることになるんだろうか」

顎に手を当て、狸八は呟く。

「いずれはそうなるかもしれません」

「そうか」

「人手が足りないのはいつもですから。仕掛けに凝れば凝るほど、黒衣は要ります」

「まあ、おもしろそうではあるが」

笑みを浮かべて答えたが、金魚はじっと、黒い目でこちらを見つめていた。

「なんだ？」

「狸八さん、何かありました？　なにか疲れているようですけれど」

この子は人をよく見ている。こういうところが黒衣を任される所以なのだろうと、狸八は他人事のように思う。

「いや、なんにもねぇよ。ちょいと歩いてきたからさ」と、狸八は大袈裟に首を振る。そうだ、何もなかった。

「そうですか」

「ああ」

何もなかったから、今、こんなに惨めなのだ。

狸八は俯く。もう着馴れた綿の小袖が忌々しいが、もらったときにはこれをありがたいと思ったのも確かだった。

楽屋口から若手の役者たちがどやどやと来て、狸八と金魚を押しのけて、稲荷町へと入っていった。酒の匂いと笑い声ばかりが残る。あの様子なら、早々と皆寝入るだろう。それから戻ろう、と思う。狸八の寝床も稲荷町だ。

「では続けますよ」と、金魚が言った。手にはいつの間にか饅頭（まんじゅう）がある。今のすれ違う間に渡されたらしい。みやげだ。

「ん？　何をだ」

「黒衣のことです」

金魚がもっともらしく咳ばらいをする。

「狸八さん、黒衣の決まりごとって知ってますか？」

「決まりごと？」

金魚は一つ頷いた。

「黒衣というのは、たとえその場にいても、いないのと同じなんです」

なぜだろう、その言葉にどきりとした。

「客は黒衣が見えていても、いないものとして、見えていないものとして芝居を見ます。それが決まりです」

「あ、ああ、それくらい知ってるよ。俺だって客の側で、芝居を見たことくらいあるからな。黒衣を見て、あそこに真っ黒のがいるぞ、なんて、そんなのはあんまりにも野暮だ」

言いながら、狸八は徳次郎のことを思っていた。きっとあのとき弟の目は、狸八の顔を見たのだ。だが徳次郎は、見えていないことにした。いないことにしたのだ。そうでなければ、あのときほんの少しでも、瞼を動かしはしなかっただろう。

「そうですね、そんな客は滅多にいないでしょう」

「そりゃそうさ」

狸八は鼻で笑った。いないはずの人間に、わざわざ話しかける者だっていやしない。

「でもね、狸八さん。見えていない、いないのと同じと言っても、本当にいないのとは違うんです」

狸八は顔を上げる。知らず知らずのうちに俯いていた。額に掻いた汗が瞼を通り、頬へと落ちる。これではまるで涙のようだ。

「本当にいないというのは、死人のことです」

「死人」

呟いたら、目の奥がじわりと熱くなった。自分の命は、父の葬式で追われたあのときに終わっていたのではないかと、そんな気になった。

しかし金魚は首を横に振る。

「でも黒衣は違う。あっしらがいるから、役者は芝居ができるんです。本当にいない人にはなにもできないでしょう。死人にはなにもできないが、あっしら黒衣には、なんでもできるんです」

金魚の目はまっすぐに狸八を見据えて言った。黒目がちの目が、蠟燭の明かりにきらりと光る。きっと金魚は松鶴からそう教えられ、いっぺんも疑うことなく、今日までそれを信じて黒衣として舞台に立ってきたのだろう。

金魚には前の名も何もなかった。それこそ「本当にいない人」まで、あと一歩というところだったのかもしれない。

たぶん、先ほどよりもよほど、情けない顔をしていたに違いない。眉毛が下がっていることは自分でもわかった。そうしないと、泣き崩れそうな気がした。

己は何をしているのだろう。俺はまだ、死んではいないのだ。椿屋の皆からしたら、死んだも同然だろうが、だとしても、本当に死んだわけではない。

俺は生きている。俺がもし、徳次郎から、見えていてもいないのと同じ人間なら、まだできることはある。そういうことではないだろうか。つらいのは徳次郎の方だ。それを忘れてはいけない。

狸八は両手で顔を挟み、音高く、二度、三度と叩いた。

「狸八さん？」

ぎょっとした顔で金魚が尋ねる。

「金魚、少しいいか」

「え？」

戸惑う金魚の腕を取ると、狸八はずんずんと暗い廊下の奥へと進んだ。頭取座の脇から、小屋の裏庭へ出る。庭といってもたいしたものはなく、井戸と厠、衣裳蔵があるだけだ。蔵のすぐ横に月が上っている。満月にほど近い歪な月は、春の夜空に霞んでいた。

「どうしたんです？」

月から姿を隠すように、衣裳蔵の陰へと連れて行くと、金魚は訝り、睨むように見上げてきた。

「すまん。これから話すことを、誰にも言わずにいてくれるか？」

そう言うと、金魚は眉をひそめる。

「松鶴先生にもですか？」

「できれば」

「そんな話は聞けません。松鶴先生に隠し立てはできませんから」

狸八はしばし黙り込む。

「わかった。じゃあ、先生に話すかどうかは、聞いてからお前が決めてくれ。誰かに聞いてほしいんだ。俺の勝手さ。俺の、前の名前の話だ」

本当の名前、とは言わなかった。それはもう失われていて、名乗ることは生涯許されないだろうと思ったからだ。

「前の名前」

興味を持ったか、暗がりでもわかるほどだった、金魚の眉間のしわが解けた。

息を深く吸う。吐くと、唇がわなわなと震えた。鳴神座の誰かに話してしまえば、もう後戻りはできない。狸八は覚悟を決めた。

「俺の前の名は、椿屋の小太郎ってんだ」

「椿屋、小太郎」

そう小さく繰り返した金魚が、次の瞬間には蛙(かわず)を踏み潰したかのような声を上げた。

「麹町の、椿屋の放蕩(ほうとう)息子ですか？　狸八さんが？　花魁に入れ込んで身代を潰しかけたっていう?」

　狸八は苦笑いを浮かべる。声を出して笑ったら、震えはどこかへ消えていった。

　金魚が知っているということは、松鶴も、顔の広い銀之丞も知っているに違いない。

「その花魁は、俺が勘当された途端に文も受け取ってくれなくなったよ」

　金魚は、なんと言ったらいいのかわからない様子だった。

「知ってたんだな。小太郎のこと」

「松鶴先生のお供で菊壱に行ったときに」

　ああ、それなら仕方ない。狸八は衣裳蔵を背に、地べたへどかりと座った。

「みんなも知ってんのかな」

「名前くらいなら、聞いたことがあるかもしれません。詳しくは知らないでしょうけど。ここではみんな芝居のことで頭がいっぱいで、世の中のことはあまり知りませんから」

　顔を知られていなかったのは不幸中の幸いか。だが、それももう、どうでもいいことのように思えた。

「でも」

こちらを見下ろして、おずおずと金魚が口を開く。

「でも？」

「狸八さん、そんな悪い人には見えませんね」

狸八は思わず噴き出した。

「俺のしたことは、やっぱり悪いことか」

「それは、そうでしょうね」

金魚の歯に衣着せぬ物言いに、狸八はまた笑う。いっそ清々しい。

「そうだよな。わかってる。今日、それを思い知った」

しばらくの間、狸八は黙って、雲が風に流されていくのを眺めていた。春の夜の風はぬるくまとわりついて、何か心のやすらぐ気がした。話せたことで、心のけじめがついたのかもしれない。

「狸八さん、退屈じゃありませんか」

金魚が狸八の隣に座った。月が雲に隠れると、金魚は顔のほかはほとんど見えなくなった。手甲から覗く指の先が、膝を抱えて組まれているのだけがうっすらとわかる。

「退屈？」

「今まで、何不自由なく暮らして、遊んでいたわけでしょう？　遊びに行く暇もないですし、ここでの暮らしは退屈で、しんどいんじゃないかと、そう思いまして」

「松鶴先生は、人遣いが荒いからな」

「掃除なんて、したこともなかったでしょう？」

その通りだと、狸八は笑って着物の袖を見せる。

「こんなもんも初めて着たよ」

「大店ですもんね。あっしからしたら羨ましい限りですが」

「そうか？」

金魚はまっすぐ前を見ていた。井戸とその向こうにそびえる鳴神座が、光に照らされたり、陰になったりしている。

「いや、そうでもないかもしれません。あっしはここが好きなんで。拾われたのが松鶴先生で、よかったと思っております」

「ああ。俺も、そう思う」

金魚が意外そうに見上げた。

「俺、近頃楽しいんだ。金はないし、煙草もない。ここには女もいない。もともと、そんなに好きじゃなかったのかもしれないな。それくらい、退屈なんかしてないんだ……運がいいと思ってんのさ」

「運がいい?」

狸八はなんだか照れくさくなって、隠すように頭を掻いた。

「あのな、曾我の、窓の側であの雨音を出したとき、そりゃあ楽しかったんだ。今までで一番楽しかったかもしれねぇ。みんなで一つのものを作り上げんのは、こんなにおもしれぇんだって、初めて知ったんだ」

今思い出しても、泣きそうになる。

「松鶴先生に拾われなくちゃ、俺はただ、何もわからねぇまま椿屋を継いで、頭の働く手代任せの出来の悪い当主で、贅沢して遊んで、それだけの人生だったのかもしれない。そう思うと、銀の言ったように、俺は運がいいんだ」

名前もそうだ。狸八、と呼ばれるたびに、新しい輪郭ができていくのがわかる。今までどこにもいなかった、狸八という人間の縁取りができていく。それにかたどられて、畑の中で大根を齧っていた狸は、人間になっていく。

「十郎さんが言ってたんだ。新五郎さんの名前、贔屓も増えてきたから、変えない方がいいんじゃないかって。それって、呼ぶ人がいるってことなんだよな。呼ぶ人がいるからその名前がいいんだ。俺は、ここの連中が狸八と呼ぶから、狸八がいい。それだけだ。もう誰も呼ばない小太郎の名前は、きっともう、俺の名前じゃねぇんだ」

未練がましく胸の奥底にしまっていた椿屋小太郎は今、きれいに消えた。海に浮かんだ泡のように、何も残さず消えたのだ。小太郎の名を呼ぶ最後の一人だった己自身が、たった今、手放したから。

「でもな、その代わりに、弟がしんどい思いをしてるみたいなんだ」

鼻の奥に、魚油の匂いが蘇る。鼻をつまんでも、鼻から息を吐いても、その匂いは消えなかった。

「みんな俺のせいだ。椿屋が俺を見放したんじゃない。俺が弟のことを、見捨てたんだ。でも肝心の俺は、椿屋からしたらもうとっくに死んだ男だから、償うこともできないと、そう思ってたんだけどな。さっき黒衣のことを聞いたら、考えが変わった」

月を映した金魚の目が、数度瞬かれる。

「椿屋からも弟からも見えなくても、俺はいるんだ。確かにいる。いないわけじゃない。だったら、できることがあるかもしれないって、思ってさ。黒衣みたいに」

「狸八さんは、弟さんの力になりたいと、そういうことですか？」

「今はまだ何も、思いつかないけどな」

そう思えたのは金魚のおかげだ。しばらくはここで、居場所をくれたこの鳴神座で、椿屋のために何ができるか、考えてみよう。

「ありがとうな」

狸八は立ち上がって尻をはたく。薄い雲の向こうにある月の光は柔らかに、江戸の空をぼんやりと照らしていた。

「このこと、先生に話すか？」

金魚は先ほどもらった饅頭を一つ、狸八に差し出した。

「いいえ。先生にも兄さんたちにも、話すほどのことじゃあありません。話しても、そうかい、と言って終いですよ」

そう言われると、たしかにそんな気がした。

「銀には？」

「あれでも口の軽い人ではありませんが……騒いだりはしゃいだりすると鬱陶し

いので、とりあえず黙っておきましょう」

金魚の容赦のない言い方と、銀之丞の振る舞いが想像できて、狸八は笑う。

「ありがたい」

衣裳蔵の陰から出ると、ちょうど雲が風に切れていくところだった。浮かび上がるように、蔵の漆喰（しっくい）の白が、井戸が、芝居小屋の瓦の並びがあらわになる。金魚の漆黒の衣もまた、月の光に縁取られていた。おぼろな月を見ながら頬張る饅頭はうまい。春の月見もいいものだ。

懐で紙の擦れる音がして、ああ、と狸八は息を吐く。懐にあるのは、折形だ。丸まって眠る猫の形をした、まだらの折形だ。

「本当なら、俺は狸八じゃなくて、違う名を継ぐはずだったんだ」

「それは、ご当主の、ですか？」

「ああ。四代続く名前だ。でもその名前のために生まれたことが、嫌で、嫌でなあ」

金魚が黙り込んだ。

正本の書き損じは、新たな形へと変わった。眠る猫は子供の頃、誰にも教わらず、自分の頭で考えて作った折形だ。徳次郎にせがまれて、何度も折った。体が覚えている折形は、たった一つ残った椿屋小太郎の欠片なのかもしれない。

可愛がっていた猫の代わりに、徳次郎にこれをと思ってあの場で折ったのだが、結局置いてくるのはやめた。己がまだ椿屋の近くにいるとわかれば、徳次郎の背負うものがまた増える。

これはいつか、胸を張って徳次郎に会えるようになったときに渡せたらいい。

「佐吉さんはどうなんだろうな」

「え?」

「十郎さんの名を継ぐことさ」

生まれたときから役者になることが決まっていて、のちに呼ばれる名前と、背負うものまで決まっている。己をそのための道具のようだと思ったことはないのだろうか。

「佐吉さんは、そんなことを考える人ではありませんよ」

金魚はむっとした様子だった。そうだな、と狸八は呟く。

あの人には、一座や父親を嫌う気持ちも、疎む気持ちもないだろう。遠目に芝居を見ているだけでも、なんとなくわかる。たとえ生まれる前から決まっていた道だとしても、あの人は芝居が好きだ。舞台に立つことに一つの憂いも怯えもなく、父と祖父の背中を見つめているように見える。

「もしかすると俺は、名を背負ってしくじるのが怖かったのかもしれねぇな」

けして出来の良い跡取りではなかった。いくら精進しても、手習いもそろばんも、よその店の子の方ができた。そんなざまで跡を継げば、いつか椿屋の評判を落とすことになるのではないか。

椿屋の長男は、俺でなくてもよかったのかもしれない。

あの頃いつも胸にあったその思いは、別の者が椿屋の長男でいてくれればという、自信のなさの裏返しに他ならない。

「怖がっている暇なんて、ないですよ」と、金魚が言った。

「團十郎も勘三郎も、勘彌も羽左衛門も幸四郎も……どこの家でも同じです。鳴神家だけじゃない。名だたる役者の家に生まれれば、長男だろうが次男だろうが、いずれは由緒ある名を継ぐことになります。嫌だとか怖いとか、思う暇もない。しなければならないことばかりで、毎日毎日忙しいんです」

金魚は佐吉のことを言っていた。黒目がちの目を寄せるようにして、じっと、地面の一点を睨んでいる。

「親が隠居したり死んだりする前に、それこそすべてを覚えておかなければ」

そこまで言って我に返ったか、顔を上げる。

「すみません、あっしは狸八さんのことを言ったわけじゃ」

「わかってるよ」

狸八は眉を下げて笑った。

「わかってる。みんなおめぇの言う通りさ。弟は、そりゃあ忙しいだろうよ。親父がもういないんだ。目が悪くなるまで、帳簿やらなにやら、今夜も読んでるだろうさ」

月明かりと、種油で点けた灯火とで、少しは手元が明るいだろうか。

徳次郎。

井戸へ行き、狸八は顔を洗う。鼻にまとわりついた魚油の匂いはそれでも消えなかった。顔から落ちた滴で、桶の水面の月が崩れていく。水は首筋を伝って懐へも流れ、まだらの猫が、冷たいと鳴いた気がした。

小屋へ戻ると、誰かが梯子(はしご)を下りてくるところだった。藤鼠色(ふじねずいろ)の着物の袖に左右の腕を突っ込んで、ゆっくりと足を運んでいる。行灯の光が、質のいい生地の上を滑る。新五郎さん、と金魚が話しかけた。

「お帰りですか」

「おう金魚、なんだおめぇ、まだそんな格好してたのか。真っ暗闇じゃ踏んじまうぞ」

面長で、やや頬骨の目立つ顔立ちの役者は気さくに笑った。細く結った髷の油が薄明かりに艶やかに光る。

「一杯引っかけて帰ろうと思ったが、ちっとばかし遅くなっちまったな」

「あの、新五郎さん」と、狸八はおそるおそる話しかける。

「なんだ？」

「松鶴先生が、新五郎さんの名前のことで」

じろりと狸八を見ると、新五郎は、ああ、と頷いた。

「そうだ、おめぇは先生のとこの。雨の音を考えた奴だろう。ありゃあおもしろかった」

そう言って目を細める。

「ありがとうございます」

急に褒められて、狸八は面食らいながら愛想笑いを浮かべた。

「名のことなら聞いたよ。座元から」

「変えるんですか？」

「変える？　俺が？」

新五郎は目を見開くと、小屋中に響くような大きな声で笑った。

「馬鹿を言っちゃいけねぇ。名の一つで決められちゃあたまらねぇよ。この橘新五郎、生島新五郎とは生まれも育ちも何もかも、まるで別の人間よ」

松鶴の杞憂を豪快に笑い飛ばすと、新五郎は足取りも軽やかに去っていった。

あとには椿油の、ほのかな香りが漂っていた。

四、螢と鶯

夏狂言は若手だけでやるのが慣例だ。ここ鳴神座では、役者だけでなく、浄瑠璃方に囃子方、頭取座から作者部屋から裏方から、すべてを若手だけで取り仕切る。主だった役者と親方たちは、六月と七月は土用休みだ。有名な役者がいない分、席代は安くなるため、毎年夏の興行を心待ちにしている者も多い。芝居通にとっては、これから伸びそうな役者に目をつけておくという楽しみもある。

芝居小屋の中はいつもよりも少し静かで、少し広くなる。上に気を遣う必要もなくなるが、その分、別のことでひりつく。すなわち、しくじれないという重圧だ。

座元をはじめとする役者たちや親方衆は、興行が始まると予告もなく見に来る。もちろん松鶴もだ。「なんだ、おめぇらまだまだヒヨッコだな」などと言われてはたまらない。

六月半ばの寄り初めの朝、二階の稽古場に、小屋中の者が集まった。寄り初めとは稽古の初日で、まず狂言作者が次の演目の配役を小屋中の者に伝えるのだ。

芝居小屋の大梯子を二階まで上がり格子戸をくぐると、真ん中には広い廊下がある。幅は下の階の廊下の倍も広い。これが稽古場だ。廊下は舞台に見立てられている。その長い方の辺に面して両側に畳敷きの間が繋がっており、上座の側には作者や座元、頭取、立役者が、下座側にはそのほかの出番を待つ役者や、裏方たちが座って稽古を見守る。板敷きで芝居をする役者は、上座に向けて芝居をするのだ。

上座側の端には囲炉裏があり、大きな鍋で麦湯がぐらぐらと煮立っていた。稽古場には香ばしい匂いが漂っていて、窓から入ってくる朝の風もあり爽やかだった。囲炉裏は神が宿る神聖なもので、この稽古場では象徴としてより大事にされている。

その畳敷きの間の周囲には、立役者の楽屋が並んでいる。どれも稽古場に面しており、入口に掛けられた紺や紫、白や深緑色の暖簾には、それぞれの役者の名や紋が書かれている。稽古場の板敷きの突き当たりは、座元である鳴神十郎の楽屋だ。

大入り当たり振舞の夜、この稽古場は宴を催す広間となったが、今日はあのときとずいぶん様子が違う。福郎と左馬之助が上座の文机(ふづくえ)の前に座り、その後ろに金魚が控えている。狸八は遠く向かい合う形で、下座の末席にいた。前の方には鳴神佐吉、鳴神岩四郎、白河梅之助、紅谷孔雀、紅谷朱雀、雲居竜昇、以下、稲荷町の役者たちが座っている。居並ぶ背中を見渡すだけで、皆の顔の強張っているのがわかるというのに、隣にいる銀之丞は、妙に浮かれていた。

「夏狂言なら、いい役がもらえるかもしれねぇからな」

あぐらを掻いた膝に頬杖をつき、へへっと笑う。

「狸八、なんか聞いてねぇの？」

「正本は福郎さんが書いたんだ。左馬之助さんは手伝ってたみたいだが、俺は何も」

「ちぇっ、役に立たねぇたぬ八」

「なんだと」

狸八をなじりつつ、銀之丞は寄せた眉をすぐに解いて前を見る。子供のようだ。

前方で、福郎がごほんと咳ばらいをする。それを合図に、わずかにざわついていた役者たちが、しんと静まった。銀之丞も背筋を伸ばす。

「みんな、よく集まってくれた。次の演目だが」と、福郎が口火を切る。

「題は『吉原宵闇螢』。若侍と花魁の悲恋だ。身請けの決まった花魁と、ふらりと見世を訪れた武士。実は同郷だった二人が惹かれ合い、吉原から逃げ出すって筋さ。では配役を」

ごくり、と銀之丞が唾を飲み込む音がした。

「立役、甲斐の武士、瀬川竜之進、鳴神佐吉」

ああ、やっぱり立役は佐吉さんだ。狸八も思ったが、銀之丞の横顔もそう言っていた。

「藤富屋の花魁、鳴鈴、白河梅之助」

それもやはり揺るがない配役だろう。この二人は人気の格が違うと聞いた。

「鳴鈴を身請けする大店の主人、唐津屋庄左衛門、雲居竜昇」

おお、と銀之丞の吐息が漏れた。一度見開いた目が、羨ましそうに細められる。岩四郎さんかと思った、とごく小さな声で言うのが聞こえた。意外だったらしい。しばらく前に十郎が松鶴に頼みに来たことを、狸八は銀之丞に話していなかった。なるほど、こういうことだったのか。

遊郭、藤富屋の楼主に鳴神岩四郎、そこの男衆に紅谷孔雀が当てられた。

「続いて、女郎役。新造だ。千波(ちなみ)、紅谷朱雀。鶯(うぐいす)、月島銀之丞」

「よっし！」

銀之丞が拳を握って立ち上がった。周囲から笑い声と同時に怒声も起こる。

「ばか、座れ銀！」

「でけぇ声出してんじゃねぇ！」

その合間に、大根のくせに、とぼそりと聞こえた。

「おい！　誰だぁ今言ったやつぁ！」

名乗り出るわけもなく、嚙み殺した笑い声があちこちから聞こえる。

「おめぇらこのっ」

「こら銀、一旦落ち着け」

前方からの涼やかな声に目をやると、声の主は佐吉だった。思わず狸八は息を呑む。銀之丞をからかっていた連中も、すぐさましんとした。吐息一つ聞こえない。

「そんな荒くれ者じゃあ、鶯にはなれめぇよ。なぁ？」

銀之丞は拳を下ろすと、すっと元の場所に膝(ひざ)を揃(そろ)えて座った。

畳につきそうなほど、深々と頭を下げる。その様子に、にっと笑って、佐吉は息を吐いた。

また前を向いた。ほっとしたか呆れたか、福郎が眉の端を下げて息を吐いた。

「まったくお前たちは。続けるぞ。庄左衛門の母役……」

銀之丞は顔を上げ、まっすぐに前を見ていた。叱られたというのに、その顔は、なんだかうれしそうだった。

寄り初めのあとは本読みに入る。まずは作者の福郎が、演目の筋と台詞とを読んで聞かせる。

話は夏の昼下がりの吉原、藤富屋の場から始まる。

花魁の鳴鈴は、大店の主人、唐津屋庄左衛門への身請けの話が進んでいた。庄左衛門は三十半ば、妻に先立たれ、鳴鈴を後妻に娶(めと)ろうとしていた。鳴鈴の方も庄左衛門を好ましく思っており、悠々自適な後妻の暮らしを思い浮かべながら、話の進むのを待っていた。

その夜、一人の武士が見世を訪れる。名を瀬川竜之進というその男は、朴訥(ぼくとつ)であまり喋らず、鳴鈴は酒の相手をしていても退屈だった。だが、話の中でふと、竜之進の訛りに聞き覚えがあることに気付く。

「主、どこの生まれだえ」

福郎がしなをつくって読み上げるが、笑う者は一人もいなかった。作者の頭の中にある話が、どんな間で、どんな色で、どんな芝居で形作られているのか、それを知る最初の機会だ。皆、目と耳とを凝らして福郎の身振りの一つ一つを捉えていく。

「甲府じゃ。甲府の北じゃ」

竜之進役は左馬之助が務めている。実のところ、竜之進の台詞に訛りらしいところはない。本当に訛りがあっては、江戸の者には話がわかりづらくなるからだ。ただ、訛りがあるという体で演じる。

「もし、主は上坂という村を知っていなんすか」

「ああ、知っておる」

「わっちの故郷さ」

「お主、同郷であったか」

しばし言葉が止んだあと、鳴鈴が言う。

「もしも、もしも上坂の村へ行くことがござんしたら、母に伝えてくんなんし。

すずは、よい人に身請けされると」

「あいわかった。伝えよう」

そして場は、数日後の昼の藤富屋へと変わる。

あれ以来、鳴鈴は物思いに耽る日が増えた。窓辺でぼんやりと、往来を眺めている。竜之進への恋心なのかはわからないが、なによりも故郷の訛りに惹かれている。

楼主や妹分の女郎たちに話しかけられても上の空だ。妹分の千波と鶯は、他愛もない話でけらけらと笑っている。

庄左衛門に嫁ぐことを望んだはずなのに、鳴鈴の心は揺れている。

場はまた変わり、庄左衛門の店、小間物屋の唐津屋の場。

故郷の妹への土産にと、たまたま訪れた竜之進は、そこで奉公人たちの会話の中に鳴鈴の名を聞く。女中を捕まえて問い質すと、もうじき鳴鈴を身請けし、その世話をすることになっているのだと打ち明ける。

「あたしは花魁の世話ぁ焼くために、奉公に上がったんじゃあございません。おかわいそうに、若だって、花魁を母とは呼べますまい」

女中を演じて福郎が忌々しげに言う。

奉公人たちにも、庄左衛門の母にも、鳴鈴が歓迎されていないことを竜之進は知る。偶然にも庄左衛門と会い、鳴鈴について探りを入れるが、聞けば聞くほどに、竜之進は己の思いに気付いて思い悩む。そしてもう一度、鳴鈴に会いに行くことを決めた。

夜の藤富屋。竜之進は鳴鈴に、唐津屋へ嫁ぐ覚悟を問いに来た。しかし鳴鈴に再会すると、その思いは吹き飛んでしまった。

とりとめのない会話を交わしたあと、鳴鈴はぽつりと、帰りたい、と言う。

「恨んだ日もござんすが、わっちはあの土の上で死にとうござんす。懐かしい、甲斐の土をば踏みとうござんす。できるなら、主と一緒に」

二人の思いは同じであった。恋に急かされ、二人は手を取り合う。

だが、今さら身請けを破談にすることなどできぬ。竜之進もまた、鳴鈴を請け出せるほど裕福ではなかった。竜之進は、鳴鈴を連れて逃げることを決意する。妹分の女郎たちも手を貸し、二手に分かれて隅田川（すみだがわ）に架かる千住（せんじゅ）大橋の傍で落ち合うことにする。

二人がいなくなったことに気付いた藤富屋は大騒ぎだ。楼主も男衆も、あちこち駆け回って探す。

先に千住大橋へ着いたのは鳴鈴だった。髪は乱れ、打掛は脱げている。鳴鈴は川辺の蛍を眺めて竜之進を待つ。蛍を追い、川べりをふらふらと歩く。やがて蛍を追っていった先から竜之進が現れるが、ひどい怪我を負っている。吉原の追手に斬られ、命からがら逃げてきたのだ。

遠くから追手の声がする。

二人は、来世ではともに生きようと契り合い、川へと身を投げる。

福郎が読み終わったのは昼過ぎのことだった。蟬(せみ)が暑苦しく鳴いている。福郎も左馬之助も汗だくで、手拭いはぐっしょりと濡れていた。金魚が湯呑に塩を入れ、冷ました麦湯を玉杓子で注いで渡すと、二人は立て続けに三杯ずつ飲んだ。

この寄り初めには大道具方や小道具方、衣裳方、床山たちも来ていて、それぞれ帳面に図面や細かな字を書き込んでいる。舞台上にどんな家屋を建て、持ち物や飾りを用意し、誰にどんな衣裳を見立て、誰の髪をどう結うのか。福郎の本読みから読み取ろうとしているのだ。今回は親方衆はいない。源治郎も雷三も、春鳴も宗吉もいないので、弟子たちは互いの帳面を覗き込んでは、小声であれこれ言い合っている。

役者たちには正本が配られるのだが、これは書抜と呼ばれるもので、それぞれの役者の台詞しか書いていない。銀之丞に配られた書抜は紙一枚で、その端に二行ばかり記されているだけだった。

藤富屋昼の場　梅之助　そうさねぇ　に続
銀之丞　どうしなんすか、ねえさん

「これだけか？」

意気揚々と書抜を広げる銀之丞の手元を見て、狸八は思わず目を丸くした。銀之丞は眉を吊り上げる。

「ばかやろう！　大事な大事な一言じゃねぇか！」

両手に持った正本を穴が空くほど見つめる、その目の横を、汗が一筋流れ落ちた。深く息を吸い込み、銀之丞は口を開く。

「ど、どどどど、どどうしなんすか」

周りの者が一斉に噴き出した。

「どうかしてんのはおめぇだよ！」

「勘弁してくれよ銀の字ぃ」

「一言だけだろ？」

「うるっせぇ！」

嚙みつくように銀之丞が振り返る。その顔は真っ赤に染まり、額にはびっしりと玉の汗が浮かんでいた。

「久しぶりの台詞なんだよ！　まだ一回読んだだけじゃねぇか！　ばぁか！」

最後のはただの捨て台詞だ。

「そんなだから台詞がもらえねぇんだよ」

「うるせぇっつってんだろ」

取っ組み合いにでもなりそうな険悪な雰囲気に狸八がはらはらしていると、銀之丞の頭にぽんと手が置かれた。佐吉だった。もう一方の手には、束ねられた分厚い書抜がある。

「ったくおめぇは、血の気が多いな」

猫でも見るかのように、おもしろそうに笑みを浮かべる。

「佐吉さん」

銀之丞の威勢がみるみる弱まっていく。

「その意気やよし。だが稽古は明日からだ。鶯の糸口、摑んでおけよ」

「はい」

佐吉は稽古場を見回す。そのまなざしは凜と、所作は美しく堂々としていて、今この場が芝居のさなかであるかのようだった。人の目を集める力がある。光がある。狸八は体中の骨を抜かれるような心地がした。これは、そこらの娘はひとたまりもないだろう。

「みんなも頼むぞ。座元も頭取も、右近さんたちもいないんだ。稲荷町の者は名を挙げる好機だ。飛びつけ。けして離すでないぞ」

はい、と若い役者たちの声が揃う。佐吉は涼やかな流し目で居並ぶ者の顔を一通り見渡すと、稽古場を出ていった。あとに岩四郎と梅之助も続いていく。銀之丞は立ち尽くしたまま、無言でその背を見送っていた。

「銀？」

「狸八、あのさ」

何か言いかけた銀之丞は、急に表情を崩すと、

「腹減った。なんか食いに行こうぜ」と、いつもと変わらぬ屈託のない笑顔を見せた。

昼飯を食う暇がなかったものだから、若狭屋の卓の上には、大盛の蕎麦と稲荷寿司とが並んでいる。

「銀兄さんは喧嘩っ早くてよくねぇよ」

そう言って、稲荷を食べたあとの指をぺろりと舐めたのは、紅谷朱雀だった。歳は十六だと聞いていたが、ずいぶんと大人びている。銀之丞と同じように、月代を剃らずに若衆髷に結った黒髪が、白い肌によく映(は)える。金魚と仲のいい朱雀とは、「雨夜曾我盃」の一件で力を貸してもらったこともあり、その後たびたび顔を合わせている。

名にあやかっていつでも赤い色の着物を着ており、この夏は赤みのあるくすんだ紅掛鼠(べにかけねず)の単衣(ひとえ)を気に入っているようだ。歳の割にはやはり落ち着いた色味に、黒と白との市松模様の帯を締めている。女形として舞台に上がることが多く、化粧をすれば色っぽい奥二重の目も、今は男らしいまなざしだ。

「わぁってるよ」

蕎麦をすりながら、銀之丞はぶすっとして答える。

「狸八さんも困るだろう?」

頬杖をつき、朱雀が目をこちらへ向けると、狸八はどきりとする。役者というのは本当に、誰も彼も人を惹きつける。有名無名は関わりのないことなのだなと、狸八は甘じょっぱい油揚げを飲み込んで頷いた。

「さっきのは、ちと驚きました」

「そうだよねぇ」

にこりと朱雀が笑う。銀之丞だって、初めて会ったときはこんなにきれいなものかと驚いたのに、中二階と二階に楽屋を持つ役者たちは、みなそれを超えて圧倒してくる。銀之丞の行く道は、自分の思っている以上に険しいのだと、狸八は思い知る。

美男二人と向かい合って飯を食うだけで、自分はこんなにそわそわしているのに。せめて金魚が隣にいてくれればいいのだが、今頃は明日の稽古に向けて、福郎たちと段取りを練っているはずだ。

「佐吉さんが収めてくれて助かりました。すごいですね、佐吉さんは。芝居をしていなくても、なんというか」

「そうだろ⁉」

がばりと、銀之丞が勢いよくどんぶりから顔を上げた。狸八は思わず怯（ひる）む。

「あの人は二枚目ってだけじゃねぇのよ！　いつだって器がでかくて懐も深くて」

銀之丞の語気に押されるように、狸八はこくこくと頷いた。鳴神座で贔屓の客が飛び抜けて多いのは、十郎と佐吉と梅之助の三人だ。ひとたまりもないのは娘だけではないのだろう。銀之丞は頰を紅潮させている。

「うんうん」と、朱雀が目を閉じて頷く。

「銀兄の憧れだもんねぇ」

「だから！　言うなよそれを！」

なんでみんな俺の思ってることを言っちまうんだと、銀之丞は唇を尖らせた。

前にもこんなことがあったなと、狸八は思い返す。あのときは金魚だったか。

銀之丞が伏し目がちにこちらを見た。

「笑うなよ」

「何を」

「俺が、佐吉さんみてぇになりてぇことをさ」

狸八は目を瞬いた。

「笑うもんか。俺だって、なれるもんならなりたいさ」

銀之丞と朱雀とが、同時にきょとんとした。

「狸八、役者になりてぇのか？」

「そういうことじゃねぇよ。その、男としてさ」

金魚の怒った意味がよくわかる。あの人は定められた道から逃げることなど、目を逸らすことなど、考えてもいない。むしろ自分が座元を継いだならば今の鳴神十郎を超えてやろうとすら思っている。強さどころではない、野心だ。考えるだけで背中がぞわりとする。

「それもわかるなぁ」と、朱雀が言った。

「でも俺は、佐吉さんがいてくれてよかったと思う方が大きいな。あの人がいりゃあ、俺らの代になっても鳴神座は安泰だもの」

「たしかにな」

「そうでしょう銀兄。佐吉さんがいて、梅之助兄さんと岩四郎兄さんがいて、竜昇さんにうちの兄さん。それだけで客は逃がしゃしない。でもさ」

じっ、と朱雀は銀之丞を見る。

「な、なんだ」

「銀兄さんにも、そろそろね。もっと大きな役をやってもらいたいし」

ぽく、抑揚をつけて言葉を紡ぐ。

「あれ、鳴鈴姐さん」と、朱雀が急に芝居がかった声を出した。ゆったりと色っぽく、抑揚をつけて言葉を紡ぐ。

「どうしなんした。窓の下に、誰かいなんすかえ」

藤富屋昼の場の台詞だ。竜之進と初めて会った数日後、鳴鈴が窓の格子に寄りかかって往来を見ているときの、妹女郎の千波の台詞だ。

朱雀のたった二、三の台詞で、若狭屋の店の中は一変した。八つ時のざわめきがぴたりと止み、店中の目が朱雀に注がれる。きりや多喜までが手を止めた。

おい、ありゃ鳴神座の。誰だ。朱雀か。ありゃあ、紅谷朱雀だ。

囁きが交わされる。狸八の心の臓が音を立てた。

「おや、かんざし屋が来ていなんすか。どれ、下りてみんすかねぇ」

このあとに梅之助の短い台詞を挟み、銀之丞の台詞へと続く。朱雀に肘で小突かれ、戸惑い、躊躇いながらも銀之丞は口にする。

「ど、どうしなんすか、ねえさん」

「ん、もういっぺん」

朱雀がにこりと笑って言う。その顔には、銀之丞が断ることをけして許さない厳しさが滲み出ていた。

「どうしなんすか、ねえさん」

「もういっぺん」

「どうしなんすか、ねえさん」

「はい、もういっぺん」

客が興味を失っていくのが、狸八にさえもわかった。客は銀之丞を見ない。朱雀は酷だ。

「どうし、なんすか、ねえさん」

「迷いが出たよ銀兄」

「そりゃこんな、急に言われりゃ、そうだろ」

銀之丞は苛立(いらだ)っている様子だった。無理もないと狸八も思う。

「俺らはいつだって役者だよ。いつでも誰でも演じるんだ。ほら、もういっぺん」

朱雀は湯呑を手に取りそう言うが、銀之丞は口を一文字に結んだままだ。兄さん、と呼んでいるところを見ると、芝居を始めたのは銀之丞が先なのだろう。情けなさもあるに違いない。

「銀兄、佐吉さんに言われたろう。明日までに鶯の糸口を見つけろって」

先ほどのことを思い出したか、銀之丞の顔が険しくなった。狸八までも眉を寄せてしまう。それに気付いてか、朱雀がこちらを見た。

「狸八さんも、銀兄の芝居がだめだと思ったらどんどん言ってやんなよ。それが銀兄のためだ」

「いや、俺は」

狸八は口ごもる。そんなこと言えるわけがない。銀之丞がほかの役者よりも拙いのは、なんとなくわかる。だが、どこがどうしてだめなのかと問われれば、はっきりとしたことは何も言えない。狸八は役者ではないのだ。役者でもない、ただの作者部屋の見習いが、軽々しく指摘していいことではない気がする。ただでさえ、銀之丞が真剣なのは伝わっていて、健気にも痛々しくも思えるのに。ごまかすように、狸八は苦笑いを浮かべる。

「俺には、芝居の善し悪しはわかりませんよ」

「ほんとかい？」

朱雀は間を置かずに言った。

「少なくとも善しはわかるはずだ。総ざらいも本番も、あんたは見てるだろう。

それで芝居の善しもわからねぇなら、ここには居ねぇ方がいい」

心を刺すような物言いは、本当に十六歳だろうか。遥か上から刃を振り下ろされたかのようだ。

「ここ……」と、虚ろに呟く。

「鳴神座さ。ましてや狸八さん、あんたは作者部屋の人だ。いずれは俺たちに注文をつける側に回るんだぜ。まあ、今のままならわからねぇが。一生、松鶴先生の小間使いってこともあるか」

朱雀には、怒っている様子はなかった。ただ淡々と、事実を伝えているだけだ。

「作者部屋の小間使い止まりでいいなら、そうさな、口は挟まねぇ方がいい」

じっと聞いていた銀之丞が、皿に一つ残っていた稲荷寿司を摑み、口へと押し込んだ。

「銀?」

無言のまま、銀之丞は湯吞の茶を、ごくりごくりと喉を鳴らして一気に飲み干し、袖でぐいと口元を拭う。

「お多喜ちゃん!」

横を通りすがった多喜を呼び止め、銀之丞は湯呑を差し出した。ふっくらとした顔立ちの多喜が、きょとんとして目を瞬かせる。

「酒！　酒くれ！」

「お酒？　はいよ」

「お、おい。明日稽古だろう」と、狸八は慌てて止めたが、多喜はもう徳利を取りに行っており、朱雀はにやりと笑っていた。

「そうこなくっちゃな」

多喜が丸っこい徳利をどんと置く。中で酒の波打つ音がした。

「お代、つけとくからね」

「おうよ！」

猪口は使わず湯呑に注ぐと、つつ、と一息に呷り、銀之丞は鼻から息を吐いた。

「銀、そんな飲み方」

「狸八！」

強く呼ばれ、狸八はびくりと体を震わせた。

「俺の芝居がどうしようもねぇと思ったら、笑え」

急に何を言い出すのか。狸八は戸惑う。

「笑えって言われても」

「いいんだよ。笑え。その代わり、いい芝居だったら泣け」

「泣くような台詞かね」と、朱雀が呆れたように呟いた。

「この台詞で泣かせたら、勘三郎にだってなれらぁ」

朱雀の言うことを無視して、銀之丞はこちらをまっすぐに見ていた。

「泣くも笑うも客次第なんだ。泣かす芝居ができねぇ役者は、どのみちどこかで笑われる。笑わせるんじゃねぇ。笑われるんだ。おめぇは今、一座で一番、客に近い。おめぇが笑うなら、俺には笑っちまうような芝居しかできてねぇって、よく、わかるんだ」

いつになく真剣なまなざしに押され、狸八は一つ頷いた。そんな大層な役が自分にできるだろうかと、内心では不安だった。

「頼むぞ」

「あ、ああ」

これから人でも斬るかのような顔をして、銀之丞は息を吸い込んだ。

「どうしなんすか！　ねえさん！」

ん？　それでいいのか？

唖然とする狸八をよそに、あはは、と声を上げて朱雀が笑った。

「真面目なことを言ったかと思ったらこれだ。そんな言い方するもんか！」

狸八は朱雀と銀之丞の顔とを見比べる。どうしたらいいのだ、これは。

「どうしなんすか、ねえさん！」

今度は高い声で言う。いや、それはそれでおかしいだろう。勢いがつきすぎている。狸八の口元がぴくぴくと震えた。

「どうしなんすか、ねえさん」

やっと口調が落ち着いてきたか。少しはましな気がする。

銀之丞は目を閉じて、声に抑揚をつける。

「どうしなんすかぁ、ねえさん」

これはちょっといい、気がする。

「お、いいよ銀兄、その調子」

そう思っていたら朱雀も言った。

「もっと色っぽいといいな」

銀之丞が体をくねらせる。いや待て、そういうことか？

「どぉうしなんすかぁ、ねえさぁん」

　どうしてそうなるんだ。笑いをこらえようとしたが無理だった。狸八はぷっと噴き出して、慌てて口を押さえた。だが、朱雀の方はこらえる気などさらさらなかった。

「あはは、兄さん、酔っぱらってきたろう」

　からからと笑って、扇子を出して顔を扇ぐ。

「なんの、まだまだよ」

　銀之丞は徳利の中身を空にして、湯呑の口まで注がれた酒を啜る。徐々に上を向き、最後の一滴まで残さず飲み切った。

「よし」

「いい飲みっぷりだ」

「朱雀、頼む」

「あいよ」

　応える声は、どことなくうれしそうだ。小さく咳ばらいをして、朱雀は声色を変えた。

「おや、かんざし屋が来ていなんすか。どれ、下りてみんすかねぇ」

あれだけ笑ったあとなのに、声は震えもしない。

「どうしなんすか、ねえさん」

「間が早い。もういっぺん」と、朱雀は早口に言う。梅之助の相槌が挟まれることを忘れてはいけない。

「どれ、下りてみんすかねぇ」

「どうしなんすか、ねえさん」

銀之丞は体を傾けてどうにか女らしくと思っているようだが、声は高くても、朱雀と比べてしまうと男の声にしか聞こえない。朱雀が「もういっぺん」と言う。

狸八はだんだんと楽しくなってきた。銀之丞の芝居がではない。目の前で、芝居が作られていくことがだ。

こうして一から芝居が作られ、組み立てられて、本番の頃にはどうなるのだろう。

そう思うと、胸が躍った。

「どれ、下りてみんすかねぇ」

銀之丞はさっきと逆の方へ体を傾け、上目遣いに店の柱を見上げる。

「どうしなんすかァ、ねえさんン」

元は美男のはずなのに、ひどい顔の崩れようだ。というか、本当にそれで合っているると思っているのか。

「ぐはっ」

とうとう狸八は声に出して笑う。朱雀と目が合うと、狸八の笑い顔が引き金になったか、あちらも肩を震わせ始める。

「どれっ、下りてっ、みんすかねえっ」

鼻息と一緒に声が出ている。こうなっては朱雀も芝居どころではない。

「どうしなんすか、ねえさん？」

上目遣いに瞬きをして、銀之丞は下から朱雀を見やる。すでに顔は赤らんでいる。酒が弱いにもほどがあるだろう。

「鶯ってくらいだからな、声がいいんだよ、声が」などとぶつぶつと言い、繰り返す。

「どうしなんすかァ、ねェえさん」

いい声どころか、気味が悪い。悩まし気な目で口をすぼめ、次は向かいの狸八に向けて顔を突き出す。

「ばか、銀、やめろっ」

「どうしなんすか、ねえさん」

「あっはっは」

笑う朱雀に銀之丞が抱きつく。

「ねえさん、ねえさあん」

「誰がねえさんだ銀兄！」

卓を叩き、床を踏み鳴らし、みなで腹を抱えてけたけたと笑う。なにがなんだかわからなくなって、狸八と朱雀は涙を流して笑った。

「兄さん、やめてくれよほんとに」

「兄さんじゃねぇ、ねえさんと呼べ」

「姐さんは梅兄だよ。ったく、笑い泣かしてどうすんだよ」

もはやただの酔っぱらいだ。朱雀が銀之丞を軽く蹴飛ばし、狸八は涙を拭う。

「これ一本で出来上がっちまって、ずいぶんと安上がりだな、銀」

「うるへえ」

「もう舌が回ってねぇぞ」

狸八は目を擦る。目の辺りが熱くて仕方ない。

「ああ、くそ、おもしれえな」

そう言うと、銀之丞がなぜか得意気に笑った。こんな有り様で、明日からの稽古は大丈夫なのだろうか。目が合うと、おかしくなってまた笑う。

「こんばんは」

耳馴染みのある声に振り向くと、金魚が店に入ってきたところだった。きりがぱたぱたと駆けていく。

「金魚ちゃん、いらっしゃい。おつかい？」

「ええ、稲荷とか握り飯とか、まだあれば見繕ってもらえますか」

「あいよ。大丈夫、そろそろ来ると思って取ってあるよ」

きりが店主に伝えにいくと、金魚はこちらを見て、嫌そうに目を半分細めた。

「うわあ、だめですよ、銀之丞さんに飲ませちゃ。誰です飲ませたのは」

「自分で飲んだんだよ」と、狸八が徳利を指差すと、金魚は首を横に振った。

「明日の稽古、使い物になりませんよ」

「なんだよ、いいじゃねぇかよ」と、銀之丞はすでに目も虚ろになって、卓に突っ伏すと、まだしばらくぶつぶつと言っていたが、じきに静かになった。微かな寝息が聞こえる。

「いいってことよ」

朱雀がため息をつく。

「素面の方が使い物にならねぇんだから、兄さんは」

どう答えたらいいかわからず、狸八と金魚は無言で顔を見合わせた。

銀之丞が眠ってしまうと、笑う理由までなくなったかのようだった。店の客も顔ぶれが変わり始めた頃、多喜ときりが大皿や鉢を次々と運んできた。十数個の稲荷寿司に、茄子の田楽と瓜の漬物。大ぶりの鉢には、鮎の南蛮漬けがたっぷりと盛られていた。金魚が持つには重いので、田楽と漬物の載った皿と、南蛮漬けの鉢とは狸八が受け取った。酢の匂いがつんとする。

「さっぱりして食べやすいからって、お父つぁんが。みんな疲れてるでしょ」

と、多喜が柔らかく微笑む。

「お気遣いありがとうございます」

丁寧に礼を言い、金魚が受け取る。きりが銀之丞をちらりと見て言った。

「それから、銀ちゃんはもう少しここで寝かせといていいって」

「それはいけません。連れて帰りますよ」

多喜が首を振る。

「平気。今日はもうお客も少ないし、それにね、銀ちゃんにお酒飲ませちゃったの、あたしだから」

え、と声を出した金魚が、すぐに苦笑する。

「では、お言葉に甘えて」

「金魚、俺も見てるから大丈夫だよ。起きなければ担いで帰るか……蹴って転がして帰るよ」

「朱雀さん」と、金魚が諌めるように言う。

「なに、すぐそこだ。なあ狸八サン」

朱雀の声が、少し気安くなった気がする。狸八は頷いた。

「ええ。銀なら頑丈だから構わないでしょう」

にっと満足げに朱雀が笑った。

二人を残して、狸八と金魚は若狭屋を出た。路地から見上げる細い空は茜色だ。どっしりとした鉢も大皿も、狸八には折形の皿のように軽く思えた。

少しずつ、一人ずつだが、一座から受け入れてもらえているような気がする。もちろんまだまだなのだが、先ほどの楽しかった一幕を思い出すと、自然と口元が緩む。銀之丞はともかく、自分が役者と飯を食って笑い合うような仲になるとは思わなかった。

「狸八さん、どうしました」

「いや、笑いすぎて頭が痛くてな」

若狭屋での一件を金魚に話すと、金魚は、そうですか、と頷いた。

「朱雀さんは優しいでしょう」

そう言うわりに、表情はどこか冷たかった。

「優しい、か？」

どちらかと言えば厳しいような気がしたが。

「朱雀さんもこの一座で育ちましたから、よく知ってるんです。鳴神座はいつだって人が足りませんが、いつまでも下手な役者を置いておくほど懐が深いわけでもない。木戸番も楽屋番も、昔は稲荷町にいた人たちです」

え、と狸八は楽屋口の手前で足を止めた。前を行く金魚が振り返る。

「ここを去った人も何人もいます。銀之丞さんがここへ来たのは六年前です。今のあっしと同じくらいの頃、役者になりたいんだと、ここへ転がり込んできた。そろそろだと、朱雀さんもわかっているのでしょう。若いからで許されるのは、せいぜい今年いっぱいでしょうね」

昼間の熱を冷ますように、風が吹いて着物を揺らす。あまりのことに、頭がついていかなかった。そこへ追い打ちをかけるように金魚が言う。

「役目を果たせない人は、いつまでもここにはいられないんです」

くるりと背を向けて、金魚は楽屋口へと入っていく。草履を脱ぎ、足先で器用に端に寄せる。

「銀は、それをわかって？」

絞り出した声がかすれた。

「もちろんです。あの人も、何人も見送ってきた立場なんですよ」

金魚はちらりと辺りを気にすると、声をひそめた。

「実を言うと、春鳴さんが銀之丞さんを欲しがってるんです」

「衣裳方に？」

「ええ。銀之丞さん、巷の流行りやら何やらに詳しいですし、色の合わせ方も悪くないとかで。あの人に針仕事ができるかは知りませんけどね」

「そんな」

動揺したせいか、下駄を脱ぐのにぐらついた。鉢と皿を落とさないよう、手に力を込める。

「大変なんだな、銀も」

「ええ。それから、あなたも」

ん？

金魚の真っ黒な目がじっとこちらを見ていた。なにか胸騒ぎがする。

「夏芝居は特に人手が足りません。狸八さんにも、働いてもらわないといけません」

「あ、ああ。そりゃあもちろん」

「福郎兄さんと左馬兄さんと話しまして、狸八さんには黒衣をやってもらうことになりました」

「黒衣を？」

真っ黒な衣裳に身を包んだ金魚の姿が頭を過る。顔まで覆い隠し、朱雀の後見として舞台に上がり、衣裳替えの手伝いをしていた。あれは春のことだ。

「ってぇことは、俺が舞台に上がるのか？」

「はい」

いつかやるときがあるかもしれないとは聞いていたが、それがこの夏狂言とは思わなかった。

「な、何をすればいい」

「蛍です」

「蛍……」

「小道具方の作った蛍を持って、舞台の上で飛ばしてください」

簡単そうに言うが、今度の演目は「吉原宵闇螢」だ。題になるほど重要なものではないか。

「蛍っつうと」

「最後の大橋の場ですね。鳴鈴が川で竜之進と落ち合う前に、一人で蛍を追いかける場面があります」

「ってことは、鳴鈴と」

「鳴鈴と二人だけで舞台に上がります」

「二人だけ」

考えるだけで足がすくんだ。おまけに、鳴鈴ということは、あの人か。

妖しくも色っぽい、美しい男の顔が浮かび、背筋をつう、と汗が流れた。

「待ってくれ」

「はい？」

「ってことは、だ。つまり俺がやるのは」

「だから、梅之助さんの後見です」

息を呑む。立女形の後見だと。気を失いそうになるのを、狸八は必死でこらえた。

五、宵闇螢

　翌日から稽古が始まった。まずは座り稽古だ。二階の稽古場で、各々座ったまま、自分の台詞を読み上げる。寄り初めとは違い、立役や立女形といった主だった役者や頭取座の者も、狂言作者と同じく上座に着く。狸八も上座の後ろにいるようにと言われ、頭取座で喜代蔵の代わりを務める男の後ろに座った。そこからは、梅之助の背中がよく見えた。

　昨夜、金魚に言われた。

「梅之助さんのことを、よく見ていてください。ほんの少しの仕草や息遣いの違いにも気付けるように。梅之助さんが何を考えているのか、わかるくらいに」

　すぐには無理だろうから、時をかけて少しずつ覚えればいい、と金魚は言っていたが、芝居の日取りは決まっている。時をかけすぎるわけにもいかない。

　しかし。狸八はそっと眉をひそめる。あの白河梅之助という人が、どうにも苦手だ。「雨夜曾我盃」の雨音の一件のときにも、皆が困っているのをおもしろがるばかりで手助けをしようという気がなかった。まなざしは穏やかなようで鋭く、隙を見せれば刺されそうだし、この夏芝居では佐吉に次ぐ実力者だ。それこそ、しくじったらどうなるか。

あの人の後見が、己に務まるのだろうか。

体を傾けると、梅之助の背中と首と、横顔とが少し見えた。化粧をしていない顔は、色白で細面でも、男には違いない。喉仏だってはっきりと動く。首も肩も、女のように細いわけでもなく、こうしてみれば体つきは男のものだ。それがどうして、舞台ではあんなにもしなやかで美しく、儚く見えるのだろう。

本読みは藤富屋の花魁の鳴鈴が、瀬川竜之進と出会う場面だ。芸妓役の役者が三味線を弾いて歌う場面があるが、歌の稽古はまだだからか、あまりうまくはなかった。三味線を抱え、弾いているような形に手を動かしている。

竜之進役の佐吉が、手元で小さく、盃を傾けるような動きをする。このあとが、梅之助の台詞だ。狸八は目を瞠る。梅之助の両肩が下がり、息を吸うと背が膨らんだ。

「主、ずっと黙っていなんすねぇ」

竜之進は答えない。もう一杯、竜之進が酒を飲む。梅之助はわずかに右の肩を前に突き出すようにし、体を斜めにする。

「もう、黙りこくってばかりじゃないかえ。これだから武左(ぶざ)はいやさ」

武左とは、武士の堅苦しさを無粋と嘲(あざけ)る言葉だ。それを言われても、竜之進は怒らない。

「鳴鈴は立ち上がり、竜之進に背を向ける」と、福郎が手元の正本のト書きを読み上げる。

「ここは歩き回ってもいい」

梅之助が頷く。ここからは竜之進の台詞だ。

「あいすまぬ。まさか喜右衛門(きえもん)殿が、気を利かせて帰られるとは、思いもせんでな」

喜右衛門とは竜之進の知人の江戸の武士だが、役者は当てられていない。名前のみだ。ちなみに、竜之進を置いて姿を消すので、名前は「消え者」をもじった洒落(しゃれ)である。

「さて、どうしたらよいものか。何分、江戸に参ったのは初めてのこと。振る舞い方もわからぬでな」

その言葉に、そっぽを向いていた鳴鈴が、はっとして振り返る。座り稽古では、首を傾げる程度の動きだ。

「主、どこの生まれだえ」

ううむ、と狸八は内心唸った。上手い。当たり前だが、昨日の銀之丞など比べ物にもならないし、朱雀ともまた違う深みがある。肩を落として体を斜めにし、高い声を出す。こうして言葉にしてしまえば、やっていることは銀之丞と同じはずなのだが、いったい何がこんなに違うのだろう。まだ座って正本を読んでいるだけだというのに、鳴鈴はすでに気位の高い絶世の美女としてここにいる。

そのあとは正直なところ、ほかの人の芝居は目にも耳にも入らなかった。目も耳も、梅之助を追うだけで精一杯だったのだ。

やがて藤富屋昼の場が回ってきた。朱雀が、可愛げのある妹女郎の千波を演じる。

「あれ、鳴鈴姐さん。どうしなんした。窓の下に、誰かいなんすかえ」

首をすっと伸ばす。鳴鈴の背後から、窓の下を覗き込む仕草だ。朱雀もそうだ。やはり、女に見える。

「おや、かんざし屋が来ていなんすか。どれ、下りてみんすかねぇ」

達者なことだ。狸八は感心する。

「そうさねぇ」と、気の進まない様子で鳴鈴が答える。このあとだ。狸八はぐっと息を詰める。どうかうまくやってくれと、銀之丞の声を待つ。

「どうしなんすか、ねえさん」

どうだ。狸八は左右に目を走らせた。誰もなんとも、動いていない。笑いもしないが、感心する様子もない。悪しではないが、善しでもない、といったところだろうか。

「おまいたちだけで行きなんし。わっちはここで、雀の数でも数えていんす」

「はあい。鶯、こっちへ来なんし」

ここで千波と鶯は一旦退場となる。

狸八は詰めていた息を細く吐き出した。

そのあとは鳴鈴を身請けすることになっている庄左衛門の店の場へと移り、それが終わる頃には日が暮れて、初日の稽古はお開きとなった。西の窓から橙色の、燃えるような光が差す。

初日から手応えがあったようで、福郎と佐吉とが、晴れやかな顔で話している。

「いい本ですよ、福郎さん。竜昇を庄左衛門役に当てたのもいい。岩四郎は時代物には向くんですが、こういう話はどうも苦手だ。顔にも声にも威勢の良さが出ちまう。楼主の方が合うでしょう」

「配役はすんなり決まったんだ。あとはここからどう転ぶかだが」

「役に不足がなけりゃあ、役者も腕を振るえまさあ」

「頼もしいね」と、福郎が笑う。まるでうまくいくことを疑ってすらいないようだ。もっとも、福郎と佐吉の立場ならそうだろう。主な役は、佐吉に梅之助、岩四郎に竜昇と、若手といえどそうそうたる顔ぶれが並ぶ。端役の芝居がうまかろうがそうでなかろうが、所詮は芝居の成功如何(いかん)には関わりのない、些末なことなのかもしれない。

「どうしなんすか、ねえさん……どうしなんすか、ねえさん」

役者たちが次々と稽古場から出ていく中、銀之丞は繰り返し、誰もいない場所へ向かってその台詞を言い続けていた。

狸八は最初の三日は稽古場にいたが、四日目の朝、金魚に連れられて小道具方の部屋へと顔を出した。六人ほどの男たちが、すでに仕事を始めている。必要な小道具の手入れをしているらしく、竜之進の腰の刀や鳴鈴の懐剣、藤富屋の場で使われる器や膳、花器や香炉、鏡台、脇息(きょうそく)といったものが並べられていた。銀箔を貼った平らな月もある。

「おお、朝っぱらからご苦労さん」

二月の大入り当たり振舞で、えらく飲みっぷりのよかった男だ。名は文四郎(ぶんしろう)という。今回は小道具方も雷三が休みを取っているため、文四郎が仕切っているのだという。

「で、蛍はどっちがやるんだ」

金魚がこちらを指す。

「狸八さんに決まりました」

「そうかい、背があるな」

「さすがにあっしと同じのは着られませんよ」

「そうさな」と、文四郎は笑う。

「あとで伊織(いおり)に訊いてみよう」

「ええ、あっしから話しておきますよ。では、あっしはこれで」

金魚がぺこりと頭を下げて、暖簾をくぐって出ていった。

「相変わらず、たいした働きもんだよ。さて、じゃああんたはこっちへ来とくれ」

ぱんと一つ手を叩き、文四郎が手招きをする。

「あの、俺、黒衣は初めてなんですが」

「ああ、知ってるよ」

「できるもんでしょうか」

おずおずと尋ねると、文四郎は腕組みをして目を瞑り、ううんと唸った。

「できねぇと思ってるうちはできねぇな。為せば成る、為さねば成らぬ、何事もってな。鶴吉、続きはなんだったか」

「成らぬは人の為さぬなりけり、ですよ」と、鏡台を磨きながら鶴吉が答える。

「おお、そうだ」

腕を解き、その手をぽんと打つと、にかっと笑う。表情のころころと変わる男だ。

「まあそう、始めから気負うこともねぇさ。ほれ、あれがおめぇが使う蛍よ」

そう言って文四郎は小道具の並べられた一角を指したのだが、蛍らしきものは見当たらなかった。

「わからねぇか」

文四郎がそのうちの一つを持ち上げる。

「それが、蛍ですか？」

狸八は思わず尋ねた。

文四郎が持ったのは、六尺近い黒い棒だった。何でできているのか、よくしなっている。その先に、黄色い紙で作った丸いものがついている。

「ほれ、ちょっと持ってみな」

両手で受け取ると、それはずしりと重かった。

「こいつは差し金って言ってな。針金を束ねて黒い紙を巻いて一本にして、その先に動くものをつけるんだ。蝶とか、狐火とか。そいつは誰の差し金だ、ってやつよ」

先端についたものは、竹ひごで作った丸い骨組みに、黄色い紙を貼り、風船のように仕立てていた。差し金の先には重りもついているらしく、短く持っても少しはしなるようになっている。

「これが、蛍に見えるんですか？」

無礼とは思いつつも、訊かずにはいられなかった。文四郎はかっかと声を上げて、仕事をしていた何人かは鼻で笑った。

「それが見えるんだよ。不思議だろ？　うまいやつがやるとな、蛍がひょいっ、ひょいっと、飛んでるように見えんだからよ」

「うまいやつがやれば……」

狸八は棒の下の方を持ち、そっと蛍を前に出してみる。なるほど、たしかに自然に揺れるが、その分手の中でも差し金が暴れる上に、重いからどちらへ傾くかわからない。

「難しいだろ」

「ええ」

「蛍に見えるまでが一苦労なんだ」

どの辺りを持てば動きが定まるのだろう。狸八は持つ位置を変えたり、両手や片手で持ったりもしてみるが、どれがいいのか今一つわからない。なにせ、黄色の風船には虫らしいところが一つもないのだ。狸八にはとても蛍に見えない。

「大橋の場は、背景に黒い幕を張る。夜だからな。そこにも蛍の群れを描くんだが、鳴鈴が追いかけるのはこの一匹だけだ。ああ、一匹かどうかはこれからの稽古次第だな。二匹三匹がよけりゃ、両手に持ってやるかもしれねぇし、もう一人黒衣が要るようになるかもしれねぇ。色も、もっと光る方がよけりゃ、金箔を貼って金の蛍にするかもしれねぇ」

文四郎が喋っているのを聞きながら、狸八はずっと差し金を左右に揺らしていた。単純に揺らすだけではだめなのだと頭ではわかっていても、重さに腕が持っていかれる。

「どうだ？」と、文四郎が訊く。

「どうでしょう……少しは蛍に見えますか？」

訊き返してみるが、文四郎は笑みを浮かべたまま首を横に振った。

「いいや、ただのぼんぼりだ」

「そうですよね」

狸八は頭より上にある、そのぼんぼりを見上げる。

「貸してみな」

文四郎がそう言い、差し金を手にすると、狸八に離れたところから見るように言った。向かい合う位置で、狸八は数歩、後退る。ほれ、という掛け声とともに、文四郎が差し金を揺らす。狸八は息を吞んだ。黄色のぼんぼりは、まるで命が宿ったかのように、自由に飛び回り始めたのだ。

「どうだい」

「すごい、蛍が、生きてるみたいです」

「そうだろう。コツは、この左手だな」

差し金を持った手の位置がよく見えるよう、文四郎は横を向いた。左手は差し金の一番端を持ち、下っ腹につけられている。

「蝶とはちっと飛び方が違うからな。この左手を動かねぇように、ここ、腹で止めとくのが大事だ。まあ、やり方は人それぞれだ。持ってって稽古しな」

そう言って、差し金を渡す。

そんなに上手いのなら、文四郎さんがやればいいではないですか。喉元まで出かかった言葉を、狸八は慌てて飲み込んだ。金魚の言葉が耳の奥で聞こえる。

役目を果たせない人は、いつまでもここにはいられないんです。

これができなければ鳴神座にいられないというのなら、やるしかないのだ。もう、居場所も呼び名も失うのはごめんだ。

それからは金魚にも教わりながら、毎日稽古を重ねた。子供が買ってもらった風車をけして離さないように、狸八も黄色いぼんぼりのついた六尺近い差し金を、邪魔だと言われながらもどこへでも持ち歩き、暇さえあれば揺らしていた。重さにはすぐ慣れた。けれど、揺れるそれを蛍のようだと言った人はいなかった。

数日後、二階の稽古場へと呼ばれた。稽古は着々と進んでおり、今日は初めて、最後の大橋の場の立稽古が行われるという。狸八が梯子を上がったときには、もう稽古は始まっていた。狸八は下座側の一番後ろに、差し金を肩にかけるような格好で座った。芝居は上座側を向いて行われるため、こちらからは演じる役者の背ばかりが見える。

夜の藤富屋の、別れの場面だ。こっそりと見世の裏口から出てきた鳴鈴と竜之進が、それぞれ千波と鶯の手引きで分かれていく。吉原を出て北へ、隅田川へ架かる千住大橋の袂で落ち合う約束をして。

「さあ、姐さん、参りぃす」

千波が言い、鳴鈴の袖を摑んで上手へと引いていく。ああ、と鳴鈴が声を上げ、鶯も竜之進を急かす仕草をして下手へと向かう。鳴鈴と竜之進は、互いへと手を伸ばしながらも、引き裂かれるように離れていった。

それぞれの組が上手と下手とに分かれたところで、福郎が芝居を止めた。

「台詞がないのはおかしいか」と、独り言のように呟く。

「鶯」

「はい」

首から掛けた手拭いで汗を拭き、銀之丞が応える。稽古場は熱気に満ちていて、蒸すような暑さだった。

「台詞だ」

銀之丞の目の色が変わる。

「はい」

「竜之進様、こちらへ」

「竜之進様、こちらへ」

福郎の言葉を繰り返す。

「そうだ。さっきの芝居と合わせて、体は竜之進の先に立ち、顔は後ろへ向けて言う」

「はい」

「朱雀の台詞のあとだ。朱雀がまず言い」

ちらりと福郎が朱雀を見ると、承知とばかりに朱雀と梅之助が位置に着いた。

「さあ、姐さん、参りぃす」

「あぁ」

千波に袖を引かれた鳴鈴が、後ろ髪を引かれるように、竜之進に未練めいた目を向ける。

「ここで、鶯」

銀之丞は膝を曲げ、ゆっくりとした動作で竜之進を振り返った。

「竜之進様、こちらへ」

竜之進は鳴鈴を見、一度は手を伸ばすものの、ぐっと拳を握ってこらえ、鶯の言葉に従う。

「うん、よさそうだな」

福郎が文机の上の正本に新しい台詞を書き込み、一つ頷いた。銀之丞の顔に安堵とも喜びともつかぬ笑みが浮かぶが、悟られてはならないと思ったのか、手拭いで口元を隠す。

同じ場をもう一度、通して稽古をし、昼休みを挟むこととなった。昼飯を食いに、皆ぞろぞろと梯子を下りていく。佐吉は福郎と、朱雀は梅之助と何やら話している。金魚も福郎の後ろで、二人の話を聞いていた。

差し金を持ったまま端に立っていると、銀之丞がやってきた。

「見たか?」

「ああ」

稽古場に人がまばらなことを確かめ、銀之丞はにんまりと笑った。

「これで台詞が三つだ」

「三つ? 二つじゃなくてか」

「もひとつ増えたのよ。おめぇが蛍の稽古してる間にな」

得意気に言う。もう一つの台詞は、藤富屋昼の場の「どうしなんすか、ねえさん」のあと、朱雀の台詞に応えて言う「ええ」というものだという。

「ただの返事でも立派な台詞だ」

「そりゃあそうだ」

「これで三つだ。三つもだ」

うれしそうに歯を見せて笑う。

「このあとはおめぇの出番だな。気張れよ」

「ああ」

狸八はずっと握ったままの差し金に目を落とす。針金の束に巻かれた黒い紙に汗が滲んで、手のひらに色が移っていた。いつ出番が来るかと、気が気ではなかったのだ。

「とりあえず飯食いに行くか。ああ、でも、腹が減るどころじゃねえなあ、こりゃ」

そんなことを言ってへらへらと笑っていたくせに、いざ若狭屋へ行くと、銀之丞は焼き味噌で和えた鰯と茄子の漬物とで、山盛りの飯を二杯も平らげた。食が進まなかったのは狸八の方だった。

午後の稽古は、いよいよ大橋の場だ。稽古場に集まる役者や裏方は、半分ほどに減っていた。この場は佐吉と梅之助しか出ないから、出番のない役者が帰ったのだろうか。がらんとした下座の畳敷きに、銀之丞がどかりと座って真剣なまなざしを注いでいる。

はじめに、この場では、舞台の手前に川が流れ、奥には橋の一部が置かれるとの説明があった。川の水は舞台の端から端まである長さの布で、上手と下手でそれぞれ小道具方が端を持ち、水のように揺らすのだという。大道具方が千住大橋の端の部分だけを作り、背後には、夜空を示す黒い幕を張る。幕には遠く吉原の建物の影と、蛍の群れが点々と描かれることになっている。

「狸八」と、福郎が上座へ呼ぶ。

「狸八は下手から出てくるからな。あっちに控えていてくれ」

「はい」

福郎が指す、向かって左側へ行き、差し金を構えてしゃがんだ。

この大橋の場は、一人逃げてきた鳴鈴が、上手から現れて始まる。本番では打掛は脱げ、髪に挿していたかんざしも皆なくなっている。まず囃子方が悲しげに三味線を弾き、若い太夫が、前の場の終わりからの流れを歌い上げると、その終わり際、鳴鈴が舞台に姿を現す。

命からがら逃げてきたというように、胸元に手を当て、大きく息を切らして登場した鳴鈴は、追手を気にし、何度も後ろを振り返る。橋の欄干に身を寄せ、辺りを見回す。

「竜之進様、どこだえ」

返事はなく、また見回す。摺り足の小さな歩幅で、梅之助は床をするすると滑るように走る。

「いないのかえ。どこだえ。まだ来ていないのかえ。姿を見せておくんなんし」

初めは焦りの見える早口で、だんだんと、縋るようにゆっくりと、梅之助が鳴鈴の言葉を紡いでいく。やがて諦めたように、鳴鈴は舞台の真ん中で膝をつく。

「まさか、捕まっちまったのかえ……エェ、そんなはずはござんせん……竜之進様は」

ふと、鳴鈴が顔を上げて下手を見る。

「狸八、蛍」と、福郎が短く言う。

「はい」

狸八は差し金を高く上げて構える。

「ふいっと、鳴鈴の前まで蛍を飛ばせ」

「はい」

「鳴鈴の目の高さで」

「はい」

差し金の端を腹に当て、しゃがんだままの格好でにじり歩いて舞台に出ていく。黄色のぼんぼりを見ながら揺らし、高さを合わせる。

「あれ、蛍」

鳴鈴が言い、立ち上がる。

「鳴鈴が立ち上がるのに合わせて、蛍も高く」

「はい」

腰を上げようとすると、福郎の声が飛んだ。

「差し金だけ上げろ。狸八は立つな」

「はい」

慌ててしゃがみ直す。鳴鈴が蛍に向けて手を伸ばす。

「ああ、きれいだこと」

鳴鈴の手から逃げるように、上下にふわりふわりと飛んでいく。そのはずだったのだが、うまく操りきれない蛍は、あろうことか鳴鈴の手にぶつかってしまった。

「おやまぁ」と、梅之助の口から声が漏れる。鳴鈴の台詞ではない、梅之助の声だ。すみません、と狸八は俯いたまま目を伏せた。

「一旦、鳴鈴だけでやろう。狸八は動きを見てろ。いいな」

「はい」

「あっちから見ていな。よぉくわかるから」と、梅之助が指したのは、福郎の隣だった。狸八は差し金をその場に置いて、上座へ行って座る。

「梅之助、蛍を見つけたところからもういっぺんだ」

「はいよ」

福郎に言われ、梅之助は舞台の真ん中に戻って膝をつく。いいか狸八、と福郎が囁く。

「梅之助の動きを見ながら、どこに蛍が飛んでたらいいか、考えるんだ。梅之助に当たらねぇようにな。この蛍はな、狸八。鳴鈴には摑めねぇものなんだ」

鳴鈴には摑めないもの。

それは、竜之進との幸福ということだろうか。

「あれ、蛍」と、鳴鈴が声を上げる。よろめきながら立ち上がり、手を伸ばす。

その様子を見ながら、狸八は「雨夜曾我盃」の総ざらいで松鶴が言っていたことを思い出していた。

「ただの雨じゃあ駄目だ。滝のような雨じゃねぇとな。こいつぁ、天からの涙だ。親父の悔し涙、おふくろの悲しみ、十郎の喜びと、五郎の誇りだ。それをみんなひっくるめて、ありったけの雨にして降らせるのよ。あの兄弟は舞台の上では泣けねぇ。そもそも涙なんざ見せねぇ男どもだ。だから、代わりに天が泣くんだ。わかるかい」

そうだ。この蛍も、あの雨と同じなのだ。

鳴鈴の心からの願いであり望みであり、しかしけして、花魁の身では手に入らぬ幸せだ。

「ああ、きれいだこと」

だから鳴鈴は手を伸ばすのだ。

ただの蛍ではない。ただの虫でも、話の飾りでもない。意味のないものなど、この舞台上には一つもないのだ。

鳴鈴は蛍に触れようと、あちらこちらへ手を伸ばす。よろける足で、川岸をさまよう。

藤富屋にはもう戻れない。仮に戻れたとしても罰を受ける。庄左衛門との身請けの話もこれで破談だろう。千波と鶯は無事だろうか。竜之進は、どこにいる。どこへ行けば幸せになれる。鳴鈴にはもうわからない。

竜之進と出会わなければよかったのか。故郷の訛りなど、忘れてしまえばよかったのか。あのとき、耳を塞げばよかったのか。

幸せというものは、どうしていつも手をすり抜けていってしまうのだろう。

「いやさ、行かないでおくれ」

鳴鈴は蛍に悲痛な声を投げかけ、倒れた。蛍に触れることはとうとう叶わなかった。

ここで蛍は退場だ、と福郎が小声で言う。このあとは上手から、手傷を負った竜之進が現れるのだが、福郎はここで芝居を止めた。

「いっぺんやってみるか、狸八」

否応なく、狸八は一人で稽古場の板の間に立った。

蛍の意味を知ると、己に任されたものが、どれほどのものなのかがわかった。差し金は先ほどよりもずしりと重く、持っただけで手が震えた。そこへさらに、稽古場に集まる役者や裏方たちの目も注がれているのだ。狸八は頭が真っ白になる。

一度目よりもへたになって、何度も福郎に怒られた。狸八はどんどんわからなくなっていた。

鳴鈴が手に入れたかった幸せは、どう飛んだらいいのだろう。

何度やってもうまくいかない狸八に、終いには温厚な福郎も怒鳴った。

「おめぇは蛍を見たことがねぇのか！」

まああと、慌てて金魚が仲裁に入る。

「狸八さんは初めてですし、まだ時もあります」

ありがたいが、金魚に庇われるのは少しばかり恥ずかしい。十近くも離れているのに。頭を下げようとして、遠く銀之丞と目が合ったが、こちらからすぐに逸らした。

「すいません」

「しばらく一人で稽古してこい！　合わせせんのはそれからだ！」

「ああ、それがいい」と、涼やかな声が賛同する。佐吉だった。狸八の顔が強ばる。佐吉の顔は、笑いも怒りもしていなかったが、それゆえに怖かった。稽古場がしんと静まり返る。

「なにをぼうっとしてる。ほれ、行きな」

立ち上がった狸八の背を、福郎が突き飛ばす。

「ほら、さっさと行ってこい！」

追い出されるように稽古場を出る。最後にちらりと見た、梅之助の顔は厳しかった。それもそうだろう。自分のあの見事な芝居を、新入りのしくじりで台無しにされてはたまらない。

小さな体をさらに屈め、こっそりと追いかけてきた金魚が、梯子の上がり口で言った。

「あまり気にしなさんな、狸八さん。蛍は、蝶よりいくらか難しい」

慰められても、かえって気落ちするばかりだ。蝶がどれくらい難しいのか、狸八には見当もつかないのだ。

「そうかい、ありがとうよ。早いとこ稽古場へ戻りな」

狸八なりに強がって背を向ける。

「狸八さん」

「ちっと外で稽古してくる。木戸が閉まるまでには戻るよ」

金魚はどんな顔をしていただろう。情けないと思っただろうか。ため息をつくと差し金を肩に担ぎ、狸八は鳴神座をあとにした。

外はもう薄暗かった。西の空は赤く、東は紫色に暮れている。ああ、己のせいで、余計な時をかけてしまった。月が出る前に稽古は終わるだろうか。いや、終わるか。あとは佐吉と梅之助が手を取り合って川に身を投げる場面だけだ。いや、あの二人ならばきっと、福郎の思う通りに、いや、思う以上の芝居をするに違いない。

夕方の、微かに湿った匂いの風を吸い込む。心はだいぶ落ち着いてきた。ここまで足手まといだと、情けなさもあまりない。むしろここから上がるばかりのはずだ。もしかして、銀之丞もそんな心持ちであんなに明るいのだろうか。ふとそんなことを考えて、下駄を引きずりながらかろうじて笑った。

さて、どこへ行こう。どこへ行ったら蛍がいるだろう。まるで鳴鈴のようだ。蔵前は大川にほど近いが、この辺りの深くて流れの速い川に、蛍なんているわけがない。狸八は北へ向かって歩いていった。左手に東本願寺(ひがしほんがんじ)を過ぎ、やがて浅草寺(せんそうじ)へと差し掛かる。すれ違った酔っぱらいが、黄色のぼんぼりを指差して笑った。

浅草寺の脇を西へ入り、田んぼの広がる方へと進むと、水路が増えてくる。思った通り、辺りには蛍が飛び交っていた。

狸八は道端に腰を下ろし、一段低くなった田んぼへと、足を下ろした。足の下には水路が走っている。澄んだ水は流れが緩く、東の空に低く昇った月を映していた。時折蛙が鳴いている。

蛍が、ふいと目の前を通った。狸八は目で追いかける。赤い頭に黒い体。尻に灯るのは、わずかに緑がかった黄色い光だ。日の光よりも月の光よりも頼りなく、しかし光の色は濃い。光は灯ったり消えたりしながら、今ここで光ったかと思うと、瞬きする間に消えて、離れた場所でまた灯った。

そうか、蛍の光はちらちらするのだ。点いたり消えたり、だから余計に、鳴鈴には手が届かないのだ。

座った股の上に渡していた差し金を見る。こんな黄色いぼんぼりを蛍に見せてくれとは、無茶なことを言うものだ。だが、文四郎や金魚が操ったときには、蛍に見えたのも確かだった。何が違うのだろう。

狸八は立ち上がると、田んぼの方へ向けて差し金を突き出した。揺らしてみると、蛍がすぐ傍を飛んでいるだけに、まったくの別物でしかなかった。

どうすりゃいいんだ、と一人呟き、差し金を振るう。

光っては消え、光っては消え、蛍は瞬きする間にどこかへ行ってしまう。見ているうちに、狸八はなんだか心許なくなってきた。

思うように幸せを摑めないのは鳴鈴だけではない。狸八だって同じだ。この先どうなるかわからない。いつまで鳴神座にいられるかわからない。この蛍ひとつで、行く末が決まるかもしれないのだ。

また居場所を失ったら、今度こそ、徳次郎の力になるどころではなくなってしまう。狸八にとってはそれが何より怖かった。

銀之丞も、ほんの少し前まで同じ立場だったに違いない。だが、やつは己の力で台詞を増やした。役者として、福郎の信を勝ち取ったのだ。

俺だって、これくらいできなければ。少なくとも、拾って置いてくれた松鶴や、金魚や銀之丞に顔向けできないではないか。

「やってやるさ」

役者をやれと言われたわけじゃない。蛍だ。蛍を演じるのだ。

「それくらいできる」

自分に言い聞かせるように、狸八は何度も唱えた。

稲荷寿司のように膨らんだ月が南の空にかかる頃になっても、狸八はまだ差し金を振り続けていたが、水路に映るぼんぼりは、やはりぼんぼりのままだった。

蛍も飛ばなくなった時分、狸八は鳴神座へと戻った。ずいぶん長い間外にいたのに、うまくなった気がしない。足元に目を落としたまま、下駄を脱ぎ、屈んで端に寄せた。ふと、上がり口の先に、誰かの足先が見えた。白い足袋を履いている。顔を上げ、狸八はぎょっとした。梅之助だった。

衣裳を合わせていたらしい。わざと着崩した着物は間着（あいぎ）といい、遊女が打掛の下に着るものだ。白地には、金糸や赤や青の糸で桔梗(ききょう)の刺繍(ししゅう)が施されており、裾からはその下の瑠璃(るり)色の着物が見えた。白い襟は右側だけ裏返し、裏地の赤を覗かせている。髪型は大ぶりに結い上げる伊達兵庫(だてひょうご)だがかんざしはなく、乱れて幾筋か毛が飛び出していた。伊達兵庫は最高位の遊女の結い方だ。それなのに吉原を捨てた、鳴鈴の成れの果てがこの姿なのだ。

「梅之助さん」

梅之助は化粧をしていた。顎の細い面長の顔に、唇は小さく、肌は白くきめ細かい。目尻に紅を差した一重の目とそれに沿う眉も人形のようで、薄暗い小屋の廊下に立っている様は、美しさゆえに不気味だった。

「どうしたんです」

喉の奥から掠れた声を絞り出す。梅之助は動じることもなく、狸八を見下ろしていた。

「少しは、摑めたかえ」

鳴鈴の声だ。狸八は答えず、首を横に振る。

「その、まだ」

「まだ？」

かぶせるように鳴鈴が言う。

「まだとはおかしな……この先、あと何日か。できるようになるのかえ？」

狸八は答えに詰まった。

「そのつもりです」

「つもりとな」

声を上げて笑う、その声だけは梅之助のものだった。嘲るような笑い方に、狸八はなぶられているような気になった。遊ばれている。そう思っても、何一つ言い返せなかった。

「ねぇ、狸八とやら」

ひとしきり狸八を笑うと、梅之助は言った。

「おまいは、己を殺せるかえ」

思いもしない言葉に、狸八は顔を上げる。

「殺せるかえと、訊いていんす」

「己を？」

意味がわからず答えられずにいると、梅之助は裾を捌き、顔を近付けるように前屈みになった。

「黒衣ってのはねぇ、上手けりゃ誰も気付かねぇもんなのさ。上手くても誰も褒めちゃあくれせんが、下手だと、すぐに気付かれて叱られる。気付かれねぇ上手さを身につけるのは、楽なことじゃあござんせん。一朝一夕じゃあ、なんともなりんせん。己を影よりも黒く、舞台の上で殺す覚悟がいるのさぁ」

狸八の目を覗き込むように、首を傾げる。そこにいるのが梅之助なのか、藤富屋の鳴鈴なのか、狸八にはよくわからなかった。おぼろげで、とても妖しい目をした、男とも女ともつかぬものに見えた。

「無理と思うなら、それを小道具方に渡しなんし。鶴吉の方がいくらか上手くやりぃす」

狸八は手の中の差し金を見る。

「わっちらは主らのおかげで芝居ができきんすが、半端者がいちゃあ芝居になりんせん。見える黒衣はいらねぇのさ」

鳴鈴が、梅之助が立ち上がり、優美な動作で身を翻す。

「子供の遊びじゃないのだえ」

氷のような言葉に、狸八の身が竦んだ。

「梅之助さん」と、梯子の上から若い男の声がした。

「どうです、重いでしょうか」

「いや、こんなもんでよござんすよ。遅くまですまないねぇ、伊織さん」

鳴鈴の影が消え、梅之助へと戻る。

「梅之助さんのためなら、なんのこれしき、ですよ」

伊織は梯子を下りると、梅之助の後ろにつき、着物の裾を持って梯子を上がり始めた。

「あんた、狸八さんだね」

一歩ずつ梯子を上りながら、こちらを見もせずに訊いてくる。

「黒衣の衣裳を合わせるから、明日にでも来てくんな」

「あ、はい」

「いらなくなるかもしれないよ」と、前を行く梅之助が言った。

「そうなんですかい？　まあ、そうしたらほかの人に着せるだけですよ。小道具方でも左馬之助さんでも、背格好はだいたい同じでしょう。金魚のだったら、いつでも支度はできてますしね」

くくっと梅之助が笑う。梯子を上がりきった二人は、行灯でぼんやりと明るい衣裳方の部屋へと消えていった。

狸八は上がり口に腰を下ろした。梅之助に言われたことを、一つずつ、頭の中で繰り返す。

己を殺す。気付かれない上手さを身につける。

頭ではわかる。だが、頭でわかったところで、蛍を操る手先の動きが急に変わるわけでもない。

狸八は膝に両の肘をついてうなだれた。途方に暮れるとは、このことだろうか。

ここにいる人は、誰も彼も厳しい人ばかりだ。松鶴や福郎は、わかりやすく叱るだけ甘いのかもしれない。朱雀も佐吉も梅之助も、役者たちは皆怖い。それだけ、自身が重いものを背負っているということだろう。己の背負うものの重さに釣り合う者でなければ、同じ船に乗ることさえ許さない。そんな厳しさだ。

中でも一番は佐吉だ。朱雀や梅之助のように、話して聞かせることもしない。突き放して、ついてこられないようであれば、それで終わりだ。これで蛍をほかの者がやることになれば、狸八は佐吉の記憶に露ほども残らないだろう。

だからこそ、銀之丞は佐吉に憧れているのだ。

佐吉の目に映れば、叱られることさえうれしくて。あの厳しさに、ついて行きたいのだ。

遠いなぁ、と狸八は思う。同じ小屋で息をしていても、まるで川の向こうを眺めているような気になる。俺もそっちへ行かなくちゃ、ここでは生きていけないのか。そう思うと胸が重たくなった。

椿屋の五代目を継ぐことと、どちらがしんどいだろうかと考えて、すぐに自嘲する。戻れない場所と比べる意味はなかった。

開け放したままの楽屋口から風が吹き込んできたかと思うと、雨の匂いがした。途端に、盥をひっくり返したような雨音が小屋を、地面を叩く。こんな遅くに夕立か。風はあっという間に冷たくなり、たくさん歩いた体に心地よかった。

耳を澄まして雨音を聞いていると、自然と笑いが込み上げてきた。

あの雨音、よくできてたな。我ながらたいしたもんだ。音自体はもともとの道具の音だけれど、使い方がよかったじゃないか。

思い出すだけで、胸の中が満たされた。生きた心地がする。そして思い知る。

ああ、俺は好きなのだ。この一座で、芝居に関わることが。

役者になりたいわけではない。目立ちたいわけでもない。ただ、皆で作り上げた芝居の端で役に立てることが、うれしいのだ。芝居が出来上がっていく様を、近くで見ているのが楽しいのだ。

何もかもを失った男に、この一座は居場所をくれた。

ここだけは失ってなるものか。そして、あの生きた心地をもう一度味わうのだ。

狸八は目を閉じる。

舞台の上で己を殺す。それは役者のためであり、客のためであり、作り物の蛍のためだ。生きるのは蛍で、死ぬのは己だ。

その覚悟の仕方が、今、わかった気がした。

黒衣姿の金魚の言葉を思い出す。あれは四月の晩に、ここで会ったときのことだ。

「見えていない、いないのと同じと言っても、本当にいないのとは違うんです。本当にいないというのは、死人のことです」

ぞくりとする。狸八は身震いする。

「本当にいない人には何もできないでしょう。死人にはなにもできないが、あっしら黒衣には、なんでもできるんです」

そうだ。己を殺すことで、何にでもなれるのだ。

なりたい姿は、己を殺した先にあるのだ。己の居場所も、その先に。

狸八は拳を握ると、太股を叩いた。

やってやる。

己を殺して、蛍を生かすのだ。

太股を、もう二回叩く。その音の大きさに、狸八は気付く。いつの間にか夕立が過ぎ去っていた。


それから毎晩、狸八は蛍を見に出かけた。若狭屋で作ってもらった握り飯を持ち、道端で食べながら、蛍の飛ぶのを待った。

大事なのは、蛍の光の明滅をどう表すかだ。点いたり消えたりする光を、この紙のぼんぼりでどう表すか。中に蠟燭の火でも入れれば、揺れる光でそれらしく見せることもできるかもしれないが、ぼんぼり自体が手毬ほどの大きさしかないのだから、幕だまりにはける前に燃えてしまいそうだ。

小さく見せるだけでもできればいいのだが。

そういえば、と狸八は差し金を両手に持つ。文四郎のやり方では、端を持った左手を下っ腹に添えて止めていたが、敢えて動かしてみてはどうだろう。狸八は差し金の黒い棒に両手を滑らす。できなくはなさそうだ。

蛍が光っているときには、ぼんぼりを前にぐっと突き出す。反対に光の消えているときには、すっと手前に引いて、客から光が小さく見えるようにする。左右に揺らすだけでなく、これなら、このぼんぼりのままで光の明滅を表せるのではないだろうか。舞台には奥行きがある。梅之助の傍だけで揺らすわけではないから、手に当たってしまう恐れもない。

狸八は田んぼの上を飛ぶ蛍をよく見ながら、間合いを測る。二つ数える間、前に突き出したら、そのあとの三つ数えるうちは手前に引く、といった具合だ。必ずしも同じ間ではないが、これを基にすれば、本物の蛍らしく見えるかもしれない。

あとは、と頭を巡らせる。できる限り己を消すには、どうしたらいい。そうだ、と思いついて、狸八はしゃがむ。この前の稽古のときよりも、さらに体を低くする。しゃがんで蛍を頭より上に掲げ、移動するときは両膝を細かく上下させて摺り足で動く。土の上ではうまく滑らないが、舞台の上なら違うだろう。腹は苦しいが、何のこれしき。体を低くする分、差し金を前後させるときに柄や膝が地べたにぶつかって、蛍が変に揺れたり止まったりしないように気をつけねばならない。

「よっ、ほっ」

ああ、声も出してはだめだ。出さずにできるようにならないと。

もういっぺん、もういっぺんだ。

銀之丞と朱雀のように、もういっぺん、もういっぺん。しゃがんだままの足が、じわりと痛み出してくる。それに気付くと、差し金を掲げている肩や腕まで痛み出してくる。無理な格好をしているからだ。だが、そうしなければあの場所にはいられない。蛍は飛ばない。暑い。暑い。夏の夜はこんなにも暑かったか。

「もういっぺん」

己を奮い立たせるように、狸八は繰り返し口にした。

翌日の夕方、稽古終わりの銀之丞と金魚を捕まえると、狸八は大道具方が仕事をしている本舞台へと連れて行った。その端を借りられるよう、大道具方には、先に話を通してある。

「二人とも、そこから見ててくれ」

そう言って正面の平土間に座らせると、狸八はしゃがんで差し金の蛍を掲げた。田んぼの上を飛ぶ蛍を思い浮かべると、手と体とを使って演じる。手は固定せず、緩やかに、流れるように、鳴鈴から逃げるように蛍は飛ぶ。足袋を履いての摺り足は、やはり舞台の上では滑りがよく、蛍はより伸びやかに飛んだ。

己を殺して、蛍を生かす。狸八の目には、稽古での鳴鈴の姿が見えていた。あの白い手から、幸福は零れ落ちる。爪の先が触れる前に逃げていく。

おお、と銀之丞と金魚から声が上がった。

「上手くなってるじゃねぇか。蛍に見えるぜ」と、銀之丞が言った。

「前に後ろにと動かすのはいいですね。誰かに教わったんですか?」

金魚が尋ねる。

「いや、蛍を見てるうちに、点いたり消えたりすんのを、これでやれないかと思って」

「なるほど」

金魚は西の桟敷の方へと向かい、途中で花道によじ登った。

「銀之丞さん、梅之助さんの役、できますか」

おうよ、と答えて銀之丞が舞台へと上がる。銀之丞の伸ばす手から逃げるように、蛍は横へ飛びながら、前後にも動く。

「どう、かな」

金魚がしっかりと頷く。

「あっしはいいと思います。蛍らしい飛び方です」

「そうか」

ほっとして、狸八は笑みを返す。

「あっしから、福郎兄さんに言っておきますよ。明日の稽古から合流できるように」

「ああ、頼む」

「よし、これでまた、三人とも稽古場で会えるな」

不覚にも、銀之丞の言葉に狸八は目頭が熱くなった。

翌朝、稽古が始まる前に、稽古場の隅で梅之助と動きを合わせた。「ああ、ましになったね」と梅之助が言い、稽古では福郎が「よし、いいだろう」と言っただけだった。佐吉にいたっては言葉をかけてくれることもなかったが、それで十分なのだろうと狸八は思っていた。

下手ならば、また外で稽古してこいと言われただろう。代わりの者を立てられたかもしれない。上手くても褒められず、下手ならば叱られる。あらためて、黒衣というものの役割を知った。

衣裳をつけての通し稽古があり、本舞台での総ざらいへと移る。通し稽古では狸八も真っ黒な衣を身に纏った。袖の細い着物に帯、腹掛、股引、足袋、頭巾、手甲に至るまですべて黒一色だ。頭巾を被って前垂れを下ろすと、自分が本当に影になったように思えた。

「案外、居心地は悪くないでしょう」と、透ける布の向こうで金魚が言った。たしかに、妙に安心するところがある。

「なんだか気が楽だ」

「そうなんです。真っ暗なのもいいものです」

布団をかぶったときのような心地とでも言うのだろうか。金魚がごく自然に、着心地ではなく居心地と言ったのも頷けた。自分だけが外の世界と切り離されたように感じる。これで心の底から蛍に徹することができる。そう思った。

大道具方は今回、場が変わるたびに建物を変えるのに苦心していた。藤富屋と唐津屋とが交互に出たり、藤富屋の場だけでも昼と夜とがあるので、背景の布や板を変えるのが面倒なのだ。

「回り舞台があれば、回すだけで藤富屋を引っ込められるんだがな」と、源治郎の代わりに棟梁を務める男がぼやいていた。回り舞台は大芝居を打つ一座にしか許されず、鳴神座はその許しを得ているものの、まだ建造が間に合っていないのだ。

そしていよいよ七月十五日、初日の朝が来た。鳴神座は夜明け前からてんてこ舞いの忙しさだ。

出番は午後も八つ時を過ぎてからだが、狸八は朝から衣裳部屋へ行き、黒衣の衣裳を纏っていた。頭巾の前に掛かる、柔らかに透ける布を上げると、急に世界が色鮮やかになる。遊郭が舞台になるときは、名前と台詞のある役のほかにも、台詞のない女郎や芸妓、女郎の見習いである禿（かむろ）、男衆など、多くの人の出番がある。

稲荷町など、自分一人の楽屋を持たない役者たちは、衣裳部屋で一斉に着付けを済ませ、鬘を整える。銀之丞もそうだ。

「雨音のときとおんなじだな」と、見事な女郎に化けた銀之丞が、紅を濃く引いた口元で笑う。眉は細く弓型に、目尻には淡く紅が滲んでいる。化粧をするといっそう美人だ。そう伝えると、

「きりちゃんがやきもち焼くんだぜ」と、得意気に微笑んだ。

鶯の名に合わせ、着物は新緑のように鮮やかな色だ。一対の翼のような形に結

い上げられた立兵庫の髷には、かんざしが揺れている。

「落ち着かねぇか、狸八」

「仕方ないだろ」

差し金をぴたりと体につけて持つと、黒い持ち手の部分は見えなくなり、黄色のぼんぼりだけが浮かんで見えた。

「ま、わかるけどな」

「銀、とちるなよ」

「おお？　おめぇが言うかね。お互い様だろうが」

「まぁな」

本当に、お互いうまくいけばいい。軽口を叩き合っていると、暖簾をくぐる禿頭が見えた。

「松鶴先生！」

「おお、支度はできてるな」

「先生、早いって」と、銀之丞が唇を尖らせる。

「初日に来たらまずいって」

「おう、だから来たのよ」と、松鶴がにやりとして言うものだから、衣裳部屋にいた者たちは、互いに顔を見合わせて苦笑いを浮かべた。初日は台詞を間違うこともあり、最初の二、三日は台詞を書いた書抜を、黒衣が役者の前で見せることがある。今回、それは金魚の役目だ。

「狸八、おめぇ、書抜持ちか」

「いえ、蛍です」

「ほう。稽古したか」

「はい」

「ん、気張んな」

素っ気ない激励は、松鶴らしくてかえってほっとする。松鶴は衣裳部屋を見回して言う。

「つまらねぇ芝居をしやがったら、俺ぁ寄席へ行くからな」

ええ、と銀之丞を筆頭に、役者たちから声が上がった。

「昼から円生(えんしょう)が高座に上がんのよ」

「ぐっ、円生ときたか」と、銀之丞が呻くと、松鶴はいじわるな顔で笑った。

「どっちがおもしれぇかだな」

「いやあ、こっちさ。先生、俺、台詞が三つもあるんだぜ」

「かあっ、血迷ったか福郎のやろう」

「血迷っちゃいねぇって！」

松鶴はかっかと笑う。

「見ものだよ」

暖簾をばさりと払い、松鶴は梯子を上がっていった。上の役者たちの気勢を高めるために行くのだろう。やはり松鶴は、この一座の中では甘いような気がする。

ややあって、梯子の軋む音がした。二階から下りてきた役者たちが、外の廊下を通る気配がする。衣擦れの音が過ぎていく。誰もわざわざ声をかけることはしないが、中には衣裳部屋から頭を下げる者もいる。静かに、厳かに、役者たちは舞台へと向かう。

ああ、始まる。

夏狂言も芝居の流れは変わらない。朝一番は三番叟だ。鳴神佐吉、紅谷孔雀、雲居竜昇の三人が舞うと、続いて稲荷町の役者による短い脇狂言を経て、本狂言「吉原宵闇螢」が始まる。客の数も徐々に増えていく。

「さぁて、行ってくるわ」と、銀之丞が片手を上げた。

「あとでな、狸八」

「おう」

狸八も応える。衣裳方に裾を持たせ、藤富屋の女郎たちや男衆が、順に梯子を下りていく。華やかな一行が行ってしまうと、衣裳部屋は急に寂しくなった。今残っているのは唐津屋の奉公人役の者たちだ。衣裳を着せる方も、大仕事は終わったという様子だ。

狸八は鼓動を抑えるように胸に手を当てると、梯子を下りて誰もいない作者部屋へと向かった。神棚に向かって柏手を打つ。最後の最後は神頼み。松鶴の心持ちがわかった気がした。

ふと思い立って、狸八は稲荷町へと足を向ける。やはり空っぽのその部屋で、風呂敷包み一つだけの自分の荷物の中から、狸八は小さな紙を取り出す。まだらの猫の折形だ。それをお守りのように懐へ忍ばせる。

さて、と一人呟くと、狸八は黒衣のまま、道具置き場の脇を通り、西の桟敷席の裏へ入って舞台から遠い方の端まで進んだ。梯子を上まで上ると、二階の桟敷の天井に、窓番の弥彦は今日もいた。

「おや、どうしました」

風と光とを通すため、窓を開け放していた弥彦が目を丸くする。

「いや、その、出番まで、ここから見させてはもらえないかと」

そう言うと、弥彦は笑って頷いた。

「あのときは、本番は見られなかったですからねぇ」

そうだ。「雨夜曾我盃」のときは、ずっと、舞台に背を向けていた。

「ええ。今度はちゃんと見ておきたくて」

「自分の出番を忘れなきゃあ、好きにしてかまいませんよ。そのなりなら、下からは見えないでしょうしね」

礼を言い、狸八は舞台に近い前方へと向かう。片膝をつき、黒、紺、柿渋の縞の幕がいつ開くかと、見物客と同じように、息をひそめて待っている。

拍子木がチョンチョンと打ち鳴らされる。これもまた、いつもとは違う者が打っているからか、音が少しばかり違う。何にでも、年季というのは表れる。幕引きとてそうだ。幕の端を持って走る。たったそれだけのことと思っても、満足にこなすのは難しい。幕を開けた男の足がおぼつかなかったことに、客は気付いただろうか。

話は藤富屋の場から始まる。舞台上には、遊郭の二階の座敷が作り上げられていた。唐津屋庄左衛門が、鳴鈴の身請けの段取りを楼主に相談するため、藤富屋を訪ねたのだ。座敷にはその二人の姿だけがある。まだ明るい時分、背後にある窓の格子越しには、青い空が見えている。

「これほどまでに良き話は、そうそうございませぬ」

楼主を演じる鳴神岩四郎が、口の端を大きく持ち上げ、笑うような声で言う。顔には茶の色で、額や目尻、鼻の横から口元へと筋が引かれ、遠目にも老人とわかる化粧が施されている。背中を丸めて座り、首を伸ばして話す様もまた年寄りらしい。相対するのは、雲居竜昇演じる庄左衛門だ。

「鳴鈴は達者にしておるか」

ゆったりとした調子で低く言う。鼻が高く、顎の張った顔つきは、素顔よりも化粧をした方が貫禄が出る。庄左衛門は三十半ばで、五年前に妻を亡くしている。肉付きをよく見せるため綿を入れて厚くした着物に、墨色の羽織を重ねている。黒い着物は粋の表れで、派手な模様はないが、艶のある生地は品がある。ちらりと見える帯は銀色だ。

手元の盃を空にするたびに楼主が注いでくるので、少しばかり嫌気がさしているようだ。大袈裟に眉をひそめ、口元を歪める。

「もちろんでございます」

楼主が愛想よく応じる。

「ここへは、顔を出さぬのか」

「生憎と、支度に時がかかりますゆえ……ああ、参りました。鳴鈴や」

上手から梅之助が登場すると、途端に戯場が沸いた。白の地に色とりどりの桔梗の刺繍が施された間着に、打掛は光沢も美しい紅色の絹地だ。そのどちらにも、金糸がふんだんに使われている。体の前で結い、垂れ下がる帯は鮟鱇帯と呼ばれるもので、こちらは若草色の地に御所車の柄が見える。髪を飾るのは鼈甲と珊瑚のかんざしや笄だ。

「庄左衛門さま、お会いしとうございました」

その一言と仕草とに、梅之助が立女形である理由が詰まっていた。衣裳の見せ方、引きずる裾の捌き方、眉や唇の動かし方に流し目と、何もかもが美しい。どう首を傾ければ、己の顔もかんざしも、一番美しく見えるかわかっているのだ。

狸八はぞわりとする。迫力が違う。

「おお、鳴鈴。こちらへおいで」

庄左衛門が、楼主をのけて手招きをする。優美な動作で隣に座った鳴鈴は、庄左衛門にしなだれかかる。

「あれサ、酔うのが早いのじゃござんせんか」

鳴鈴はくすくすと笑う。

「富太郎(とみたろう)殿が飲ませるのじゃ」

「気を付けなんし。楼主(だん)さんは、身請け代をごまかそうとしてるのじゃあ、ないのかえ」

「これ鳴鈴、ばかを言うんじゃない。おや唐津屋さん、盃が空でございますな。酒の代わりを持ってこさせましょう。おうい、誰か」

鳴鈴と庄左衛門はとても仲睦まじく見える。しばし歓談したあと、庄左衛門を見送るため、鳴鈴と楼主も下手へ消えた。

このあとは幕を開けたまま、場面変えが行われる。囃子方が尺八や三味線を奏(かな)でて繋ぐ間に、黒衣が数人登場した。道具方の面々だ。大道具方の黒衣が背景の空の幕を浅葱色(あさぎいろ)から黒へと換え、小道具方の黒衣は、座敷に食事の載った膳を並べた。窓の外には銀の月も覗いている。太夫が歌う。

その晩見世へ現れたるは　甲斐より参りし若侍

名をば瀬川竜之進と申す者

歌う間に佐吉が登場し、座敷に座った。格子の小袖に派手な柄の紫の袴は庄左衛門とは正反対で、いかにも田舎侍といった出で立ちだが、尻上がりに描かれた眉と目の下の赤い隈取は凜々しい。胸を張り、背筋を伸ばした姿勢からも、剛直な男であることが窺える。

竜之進が一人で盃を傾けていると、鳴鈴が芸妓と年若い禿たちを引き連れてやってくる。風邪で寝込んだ遊女の代わりに、酒の相手をしてくるようにと言われ、しぶしぶやってきたのだ。

仕方なく話しかけても、竜之進は気の利いた返事もよこさず、口数も少ない。退屈な鳴鈴は機嫌を損ねていく。だがその様にもまた、魅力がある。

「ああいう顔もいいもんですよね」と、隣で弥彦が言った。狸八は舞台から目を逸らせないまま頷く。

「すごい人です。銀に、あれができるかどうか」

「銀はまだ若いですから」

そういえば、金魚が言っていた。木戸番も楽屋番も、元は稲荷町の役者だと。

窓番の弥彦はどうなのだろう。

鳴鈴が愛想を尽かしてそっぽを向く。芸妓の弾く三味線の音色に合わせるように姿勢を変え、脇息に寄りかかり、竜之進の方を見ようともしない。困り果てた竜之進は盃を置く。

「さて、どうしたらよいものか」

澄んだ声が、鼓のように戯場に響く。澄んでいるのに色っぽくて、体の芯に響く声だ。だのに、首を傾げて自嘲するように笑う様には、かわいらしさまである。氷のような厳しい顔からは想像できない姿だ。

「何分、江戸に参ったのは初めてのこと。振る舞い方もわからぬでな」

鳴鈴が振り返る。顔はきりりとして、目の前の若侍を見定めようとしている。

「主、どこの生まれだえ」

「甲府の北じゃ」

素っ気ない答えだが、鳴鈴は飛びついた。

「モシ、主やぁ、上坂という村を知っていなんすか」

「ああ、知っておる」

「そうかえ。わっちの故郷さ」

故郷の訛りに気を許したか、鳴鈴は生い立ちをとつとつと語り始める。酒の勢いもあってか、昔話はとまらない。

禿の一人が眠そうな仕草をしたことで、鳴鈴は夜が更けたことを知る。

「もし、もしもしも上坂の村へ行きなんしたら、母に伝えてくんなんし。鳴鈴は……すずは、よい人に身請けされると」

身請けという言葉に竜之進は戸惑うが、鳴鈴は多くを語らず去る。ここで第一幕は終わりだ。幕が閉じられる。

狸八は長く息を吐いた。すっかり見入っていた。下の見物席もざわついている。一幕だけの席を買った者は、これで表へ出なければならない。無銭での見物客を改める、留場（とめば）という役の男に睨まれて出ていった客は、札を買い直してすぐにまた戯場へ戻ってきた。あれで帰るのはもったいない。

次は数日後の藤富屋昼の場だ。銀之丞の出番がある。うまく言えるだろうか。狸八はそわそわとしてきた。松鶴も見に来ている。どうか上手くやってほしいのだが。

幕が開いた。場所は変わらぬ藤富屋の二階の座敷だが、部屋の隅には鏡台があり、紅色の打掛が掛けられていることから、鳴鈴の部屋だとわかる。その鳴鈴は夜の姿とは打って変わり、頭にはかんざしも笄もなく、白地の間着姿でくつろいでいる。

あれは、あのとき着ていたものだ。蛍を満足に操れず、田んぼの畔で稽古をして帰ってきたときの。

無理と思うなら、それは小道具方に渡しなんし。

狸八は手摺りをぐっと握る。

わっちらは主らのおかげで芝居ができんすが、半端者がいちゃあ芝居になりんせん。見える黒衣はいらねぇのさ。

梅之助はああ言ったが、逆もまた然りだ。役者がいなければ、狸八はきっと一生芝居の舞台に上がることなどなかった。役者にはなれない。だが、役者がいるのなら、役者を助け、支え、ともに芝居を作り上げていくことならできるかもしれない。

そう思わせてくれたのは、ほかならぬ鳴神座の役者と裏方たち皆だ。

鳴鈴は窓辺に頰杖をついて外を見ている。部屋に遊びに来た妹分の千波と鶯も、今は身軽な装いだ。千波は群青色(ぐんじょういろ)の地に白波模様、鶯は萌黄(もえぎ)の地に鳥の模様だ。

囃子方が、穏やかな昼を表して三味線を弾く。年頃の娘たちの集まる場を華やかに、明るく彩る。千波と鶯は何やら体を揺らして笑い合っているが、鳴鈴は上の空だ。

「あれ、鳴鈴姐さん。どうしなんした。窓の下に、誰かいなんすかえ」

始まった。狸八は唇をきつく結んで舞台を見下ろす。千波が鳴鈴の方へと歩み寄り、ちょいと窓の外を覗き込んでまた顔を上げる。

「おや、かんざし屋が来ていなんすか」

鼻筋の通った朱雀の横顔が美しい。声は鳴鈴よりもやや高く仕上げた。朱雀もまた、あの若さで自分の見せ方を心得ている。

「どれ、下りてみんすかねぇ」

「そうさねぇ」

ゆっくりと振り向いた鳴鈴が、気のない返事をする。

ここだ。

銀。

「どうしなんすか、ねえさん」

銀、ではなかった。それは若い女郎の鶯の言葉だった。藤富屋の鶯の、喉から自ずと溢れた言葉だった。表情も仕草も、吉原のつとめはつらくとも、穏やかな昼の中に楽しみを見つけて生きる、健気な女郎そのものだった。

狸八は目の奥が熱くなった。しっかりとこの舞台を見届けたいのに、目の前が滲んでいく。ああ、銀の姿が見えないじゃないか。

「おまいたちだけで行きなんし。わっちはここで、雀の数でも数えていんす」

「はあい。鶯、こっちへ来なんし」

「ええ」

立ち上がり、鶯は千波について出ていく。千波を見上げる仕草がいじらしい。狸八の知らぬところで、どれほどの稽古を積んだのだろう。胸が苦しくなるほどだった。

そのあとは、鳴鈴の一人舞台だ。どうしてこんなにも憂鬱なのか、どうしてこんなにも竜之進に惹かれているのか。あんな田舎侍に入れ込んで、大店の身請けを台無しにする気かと、己を責める。立ち上がり、舞うように体を巡らし、髪を振り乱す。そして、倒れ込む。竜之進は甲斐へ帰る身。もう二度と、会えるはずもないのに、と。

この日一番の歓声のうちに、幕が閉じる。手甲で目元を拭い、しきりに洟をすする狸八を見て、弥彦がぎょっとした顔で言った。

「や、さすがでしたねぇ、梅之助さん」

「いや、銀が」

「銀？」

　しばしぽかんとしたあと、弥彦は噴き出すように苦笑した。

「あれっぽっちの芝居でですか」

　銀は、と言おうとしたが言葉にならず、狸八はしゃくりあげながら何度も頷いた。弥彦が笑って言う。

「あんな台詞でこんなに人を泣かすなら、銀は大物になれまさぁ」

　狸八は頭を揺らして頷いた。そうだ。銀なら大丈夫だ。銀は、大丈夫だ。

　昼を過ぎ、庄左衛門の店へと場は移る。故郷の妹への土産を買いに、小間物屋の唐津屋を訪れた竜之進は、そこで鳴鈴の身請け話を耳にする。女中や奉公人たちが数人登場するこの場では、小柄な黒衣が紙を手に持ち、役者たちの間を行き来していた。金魚だ。

　やがて奉公人たちと入れ替わりに、庄左衛門が店の奥から現れる。竜之進が鳴鈴の客とは知らず、育ちはどうあれ、あれは気立てのいい娘だと、鳴鈴を褒める。

「いずれは皆と分かり合えましょう。なに、皆も心底嫌っているわけではございませぬ」

庄左衛門はけして悪い男ではない。鳴鈴はきっと幸せになれるだろう。だからこそ、竜之進には未練が芽生える。

もしも鳴鈴と先に出会っていたのが竜之進であれば、何かが変わっただろうか。いや、田舎侍に過ぎぬ己には、花魁を身請けするほどの稼ぎはない。では金があれば？　鳴鈴と夫婦になることができたのか？

たった一度会っただけの花魁に、何をこんなに心惹かれるのか。もうじき帰らねばならぬ身だ。己にはどうにもできぬことだというのに、なぜこうも頭を離れないのだ。

竜之進もまた、苦悩を深めていく。

だんだんと、狸八の出番も近付いてきた。弥彦に礼を言って一階まで下りると、また桟敷席の裏を通って奥へと入った。作者部屋へ差し金を取りに行く。作者部屋は相変わらずもぬけの殻だった。金魚は忙しく立ち回り、福郎と左馬之助は、舞台の袖で見守っているに違いない。差し金を取ると、役者も裏方も行き来する廊下を通り、狸八は裏庭へと出た。

芝居小屋の喧騒が遠くなる。狸八はしゃがみ、蛍を飛ばして、最後の確かめをする。徐々に体中が強ばってきた気がする。いつも通りにやれるだろうか。息を吐くと、わずかに震えていた。

舞台では今頃、竜之進と鳴鈴が再会しているだろう。再び会えた二人は、己の気持ちを隠すこともなく、二人で逃げようと決める。襖越しに廊下でその話を聞いた千波は、一旦は止めるものの、二人の思いの強さを知り、鶯とともに手引きを引き受ける。

「見つかれば、おまいたちもただではすまないのだえ」

鳴鈴の台詞を、狸八は呟く。総ざらいでの光景が目に浮かぶ。

「お叱りは受けけんす。姐さん、わっちらは金で身を売る女郎でござんす。けれど、その業の深さに八つ裂きにされたとて、女であることに変わりはござんせん」

千波の台詞だ。そして千波と鶯は、それぞれに鳴鈴と竜之進の手を取って分かれる。

竜之進様、こちらへ。

銀之丞はきっと、己にできる最高の芝居をした。そう思うと、胸が熱くなった。震えが止まる。

次は己の番だ。懐にある、まだらの猫を摑むように拳を当てた。

戯場の窓から拍子木の音が聞こえる。狸八は差し金を肩に担ぎ、舞台袖へと向かった。


黒幕の張られた大橋の場、隅田川沿いの様子が、舞台上に作られている。背後には遠く吉原の町の影が見え、手前には青い布が舞台の横幅いっぱいに何枚も渡されている。川だ。布は両端を小道具方が持って揺らしており、水面が波打つように上下している。下手には、千住大橋の端のところだけが作られていた。けして渡れない橋だ。

鳴鈴は、柳の木の脇に一人立ち尽くしている。着物も髪も乱れ、高く結い上げた伊達兵庫からは、幾筋もの髪が垂れ下がり、顔に掛かっている。打掛はどこかへ捨ててきた。豪奢（ごうしゃ）な鮟鱇帯もほどいて投げ捨てた。

赤い襦袢に白地の間着が、背後の黒幕に映えて美しい。光るようだ。金糸の刺繡のきらめきも華を添えている。だがその顔は憔悴（しょうすい）しきり、幽霊のようにも見えた。

「竜之進様、どこだえ」

絞り出した声に返事はない。ふらふらと頼りない足取りで、鳴鈴は舞台の上を行き来する。

「いないのかえ。どこだえ。まだ来ていないのかえ」

追手への焦りからか、それとも現れない竜之進へ疑心暗鬼になったか。責めるような早口はやがて、悲痛な願いへと変わっていく。

「エエ。姿を見せておくんなんし」

舞台の真ん中で、鳴鈴は倒れるように膝をつく。絶望が、鳴鈴を静かに包もうとしている。

「まさか、捕まっちまったのかえ……エェ、そんなはずはござんせん……竜之進様は」

ふと、鳴鈴が顔を上げた。その先は下手の方向だ。

下手に片膝をついて控えていた狸八の肩に、福郎が触れる。合図だ。狸八はしゃがんだままの摺り足で、差し金の蛍を掲げて舞台へと出た。

客の目が、自分に集まっていると感じる。いないはずの己にだ。黒い衣の内側で、全身から汗が噴き出した。

「あれ、蛍」

鳴鈴が、子供のように呟いて立ち上がる。それに合わせ、六尺の棒の先の蛍を、鳴鈴の顔の高さまで上げる。

「ああ、きれいだこと」

先に出るのは左足だ。狸八はそれを知っている。どれだけ見てきたことだろう。息を吸い、鳴鈴が触れようと手を伸ばす。しかし狸八は蛍を明滅するように前後させながら、その手を逃れる。右足で踏み込む鳴鈴の、傾けた顔の先へと逃げる。

狸八の目には、鳴鈴の顔と手と、蛍の姿しか見えていなかった。それだけで十分だ。この蛍は、鳴鈴のためにここにいるのだから。

これがお前の手放した幸せなのだと、そして摑めぬこの先の幸せなのだと、教えるように、突き付けるように、鳴鈴から逃げ続ける。

狸八は背後の夜に溶け込んでいた。ただ黒い衣裳で黒い幕に溶け込むだけでなく、息を殺し、己を殺して夜の手足となっていた。

この美しい舞台に、自分は必要ないのだ。要るのは、蛍だ。蛍は光る。消える。鳴鈴をより美しく、より悲しく見せるために。

頭の中が弾けたように真っ白になった。だがそれは心地の良い感覚で、手足は動き続けていた。滑らかに、音も立てずに、狸八はこの舞台上のすべてと一つになる。

鳴鈴が蛍を追いかけている間に、背後には、無数に飛ぶ蛍が現れる。これはあらかじめ黄色の蛍の光を点々と黒幕に描いておき、その手前にもう一枚の黒幕を重ねている。頃合いを見て、梁の上の者が手前の黒幕だけを落とすと、蛍の群れが現れるのだ。

夢の中のような美しい蛍の光は、今にも命の灯の消えそうな鳴鈴の姿とも重なる。

「待っておくれ、ねえ。いやさ、行かないでおくれ」

最後の力を振り絞るように蛍に手を伸ばした鳴鈴が、はたと立ち止まり、目を見開いた。手を伸ばした先から、竜之進が現れたのだ。

「すまぬ、待たせたな」

竜之進は羽織が破れ、腕から血を流していた。追手に斬られたのだ。息を弾ませ、足を引きずっている。

「竜之進様」

「鳴鈴や、すず」

二人は固く抱きしめ合う。

狸八は黒い衣の裾でさっと差し金の先の蛍を包むと、しゃがんだまま、上手の幕だまりへと下がった。衝立（ついたて）の陰で、深く安堵の息を吐く。ちょいちょいと袖を引かれて見ると、傍らに金魚がいた。黒目がちの目が細められ、にこりと笑って頷く。うまくいったようだ。狸八は吐息で笑った。

顔を上げると、上手の袖に松鶴と銀之丞の姿があった。二人とも笑っている。松鶴は寄席へは行かなかったようだ。銀之丞が何か言ったが、聞こえるはずもなかった。

両方の袖には銀之丞のほかにも稲荷町の役者たちがおり、一斉に野太い声で叫んだ。吉原からの追手の声だ。追手に囲まれていることを悟った二人は、手を取り合う。

「竜之進様、今生の、別れにござんす」

狸八は幕だまりからそっと覗く。

「来世まで、すずや、この手を離すでないぞ」

二人の前を流れる隅田川は荒海のように波が立ち、二人の最期を客に知らせる。

狸八はその背を見上げていた。それは竜之進と鳴鈴か、それとも佐吉と梅之助か。自分たちを待ち受けるさだめにも揺らがずに立つ二人の背は、気高く、美しかった。そしてその向こうには、固唾(かたず)を飲んで二人を見つめる、八百の見物客がいる。

見物席から二人の名が呼ばれ、屋号が叫ばれる。もう拍子木も聞こえない。歓声がここへと向かってくる。

ふと、頬に温かいものを感じ、狸八は舞台に目をやったまま、頭巾の前垂れに手を入れた。涙がこぼれていた。

何にこんなにも心を打たれているのかもわからないまま、ただ、この光景を生涯(しょうがい)忘れないだろうと強く思う。忘れてたまるものか。こんなにも、美しいものを。

透き通った滴(しずく)は黒い衣に吸われ、やがて、跡も残さず消えていった。

螢と鶯　鳴神黒衣後見録

一〇〇字書評

切り取り線

購買動機（新聞、雑誌名を記入するか、あるいは○をつけてください）	
□（　　　　　　　　　）の広告を見て	
□（　　　　　　　　　）の書評を見て	
□ 知人のすすめで	□ タイトルに惹かれて
□ カバーが良かったから	□ 内容が面白そうだから
□ 好きな作家だから	□ 好きな分野の本だから

・最近、最も感銘を受けた作品名をお書き下さい

・あなたのお好きな作家名をお書き下さい

・その他、ご要望がありましたらお書き下さい

住所	〒				
氏名		職業		年齢	
Eメール	※携帯には配信できません	新刊情報等のメール配信を 希望する・しない			

この本の感想を、編集部までお寄せいただけたらありがたく存じます。今後の企画の参考にさせていただきます。Eメールでも結構です。

いただいた「一〇〇字書評」は、新聞・雑誌等に紹介させていただくことがあります。その場合はお礼として特製図書カードを差し上げます。

前ページの原稿用紙に書評をお書きの上、切り取り、左記までお送り下さい。宛先の住所は不要です。

なお、ご記入いただいたお名前、ご住所等は、書評紹介の事前了解、謝礼のお届けのためだけに利用し、そのほかの目的のために利用することはありません。

〒一〇一-八七〇一
祥伝社文庫編集長　清水寿明
電話　〇三（三二六五）二〇八〇

祥伝社ホームページの「ブックレビュー」からも、書き込めます。
www.shodensha.co.jp/bookreview

祥伝社文庫

蛍（ほたる）と鶯（うぐいす）　鳴神黒衣後見録（なるかみくろごこうけんろく）

令和 5 年11月20日　初版第 1 刷発行

著　者　佐倉（さくら）ユミ

発行者　辻　浩明

発行所　祥伝社（しょうでんしゃ）

東京都千代田区神田神保町 3-3
〒101-8701
電話　03（3265）2081（販売部）
電話　03（3265）2080（編集部）
電話　03（3265）3622（業務部）
www.shodensha.co.jp

印刷所　萩原印刷
製本所　ナショナル製本
カバーフォーマットデザイン　中原達治

本書の無断複写は著作権法上での例外を除き禁じられています。また、代行業者など購入者以外の第三者による電子データ化及び電子書籍化は、たとえ個人や家庭内での利用でも著作権法違反です。
造本には十分注意しておりますが、万一、落丁・乱丁などの不良品がありましたら、「業務部」あてにお送り下さい。送料小社負担にてお取り替えいたします。ただし、古書店で購入されたものについてはお取り替え出来ません。

Printed in Japan ©2023, Yumi Sakura ISBN978-4-396-35024-6 C0193

祥伝社文庫の好評既刊

駈月基矢
伏竜(ふくりょう) 蛇杖院(じゃじょういん)かけだし診療録
「あきらめるな、治してやる」力強い言葉が、若者の運命を変える。パンデミックと戦う医師達が与える希望とは。

駈月基矢
萌(もゆる) 蛇杖院(じゃじょういん)かけだし診療録
因習や迷信に振り回され、命がけとなるお産に寄り添う産科医・船津初菜の思いと、初菜を支える蛇杖院の面々。

駈月基矢
友 蛇杖院(じゃじょういん)かけだし診療録
蘭方医の登志蔵は、「毒売り薬師」と濡れ衣を着せられ姿を隠す。亡き者にと二重三重に罠を仕掛けたのは？

駈月基矢
儚(はかな)き君と 蛇杖院(じゃじょういん)かけだし診療録
見習い医師瑞之助の葛藤と、悲惨な境遇を乗り越えて死地へと向かう患者の決断とは⁉ 涙を誘う時代医療小説！

五十嵐佳子
女房は式神(しきがみ)遣い！ あらやま神社妖異録
町屋で起こる不可思議な事件。立ち向かうは女陰陽師とイケメン神主の新婚夫婦。笑って泣ける人情あやかし譚。

澤見　彰
鬼千世先生 手習い所せせらぎ庵
この世の理不尽から子どもたちを守る。牛込水道町の「鬼千世」と恐れられる手習い所師匠と筆子の大奮闘。

祥伝社文庫の好評既刊

澤見 彰　**だめ母さん**　鬼千世先生と子どもたち

子は親を選べない。とことんだらしない母を護ろうとする健気な娘に寄り添う、手習い所の千世先生と居候の平太。

澤見 彰　**走れ走れ走れ**　鬼千世先生と子どもたち

算術大会に出たい。亀三の夢を応援する仲間の想いが空回りして……。筆子たちの熱い友情と、見守る師匠の物語。

今村翔吾　**火喰鳥**（ひくいどり）　羽州（うしゅう）ぼろ鳶（とび）組

かつて江戸随一と呼ばれた武家火消・源吾（げんご）。クセ者揃いの火消集団を率いて、昔の輝きを取り戻せるのか!?

今村翔吾　**夜哭烏**（よなきがらす）　羽州ぼろ鳶（とび）組②

「これが娘の望む父の姿だ」火消としての矜持を全うしようとする姿に、きっと涙する。最も〝熱い〟時代小説！

今村翔吾　**九紋龍**（くもんりゅう）　羽州ぼろ鳶（とび）組③

最強の町火消とぼろ鳶組が激突!? 残虐な火付け盗賊を前に、火消は一丸となれるのか。興奮必至の第三弾！

あさのあつこ　**にゃん！**　鈴江三万石江戸屋敷見聞帳

町娘のお糸が仕えることなった鈴江三万石の奥方様の正体は――なんと猫!? 抱腹絶倒、猫まみれの時代小説！

祥伝社文庫の好評既刊

辻堂 魁　はぐれ烏（がらす）　日暮し同心始末帖①

旗本生まれの町方同心・日暮龍平（ひぐれりゅうへい）。実は小野派一刀流の遣（つか）い手。北町奉行から凶悪強盗団の探索を命じられ……。

辻堂 魁　花ふぶき　日暮し同心始末帖②

柳原堤（やなぎわらづつみ）で物乞いと浪人が次々と斬殺された。探索を命じられた龍平は背後に見え隠れする旗本の影を追う！

辻堂 魁　冬の風鈴　日暮し同心始末帖③

佃島（つくだじま）の海に男の骸（むくろ）が。無宿人（むしゅくにん）と見られたが、成り変わりと判明。その仏には奇妙な押し込み事件との関連が……。

有馬美季子　はないちもんめ

口やかましいが憎めない大女将・お紋、美貌で姉御肌の女将・お市、見習い娘・お花。女三代かしまし料理屋繁盛記！

有馬美季子　はないちもんめ　秋祭り

お花、お市、お紋が見守るすぐそばで、娘が不審な死を遂げた――。食中りか毒か。女三人が謎を解く！

有馬美季子　はないちもんめ　冬の人魚

北紺屋町の料理屋〝はないちもんめ〟で「怪談噺の会」が催された。季節外れの人魚の怪談は好評を博すが……？

祥伝社文庫の好評既刊

小杉健治　札差殺し　風烈廻り与力・青柳剣一郎①

旗本の子女が自死する事件が続くなか、富商が殺された。頬に走る刀傷が疼くとき、剣一郎の剣が冴える！

小杉健治　火盗殺し　風烈廻り与力・青柳剣一郎②

江戸の町が業火に。火付け強盗を利用するさらなる悪党、利用される薄幸の人々のため、怒りの剣が吼える！

小杉健治　八丁堀殺し　風烈廻り与力・青柳剣一郎③

闇に悲鳴が轟く。剣一郎が駆けつけると、斬殺された同僚が。八丁堀を震撼させる与力殺しの幕開け……。

武内　涼　不死鬼　源平妖乱

平安末期の京を襲う血を吸う鬼を狩る《影御先》。打倒平家を誓う源義経と手を組み、鬼との死闘が始まった！

武内　涼　源平妖乱　信州吸血城

多くの仲間の命を代償に京から殺生鬼を一掃した義経たち。木曾義仲の援護を受け、吸血の主に再び血戦を挑む！

武内　涼　源平妖乱　鬼夜行

古えの怨禍を薙ぎ払え！　義経、弁慶、木曾義仲らが結集し、妖鬼らとの最終決戦に挑む。傑作超伝奇、終幕。

〈祥伝社文庫　今月の新刊〉

乾　ルカ

龍神の子どもたち

新中学生が林間学校で土砂崩れに襲われた。極限状態に置かれた九人の少年少女は――。

門田泰明

成り上がりの勲章

横暴上司、反抗部下、そして非情組織――。企業戦士の闘いを描くビジネスサスペンス！

南　英男

けだもの　無敵番犬

弁護士、キャスター……輝く女たちを狙う、姿なき暴漢！　元SP・反町譲司に危機が！

岡本さとる

がんこ煙管（ぎせる）　取次屋栄三（えいざ）　新装版

栄三、廃業した名煙管師の頑固親父と対決！人の世のおかしみ、哀しみ満載の爽快時代小説。

泉ゆたか

横浜コインランドリー

困った洗濯物も人に言えないお悩みも解決します。心がすっきり&ふんわりする洗濯物語。

佐倉ユミ

螢（ほたる）と鶯（うぐいす）　鳴神黒衣（なるかみくろご）後見録

「いいぞ鳴神座は。楽しいぞ芝居小屋は。こんな場所は。この世のどこにもねえんだ」